双子の姉が神子《みこ》として
引き取られて、
私は捨てられたけど
多分私が神子である。
3

「ガイアス、狼になってる。かっこいい」
「がうう（何が起こった？）」

# 双子の姉が神子《みこ》として引き取られて、私は捨てられたけど多分私が神子である。

# 3

池中織奈《いけなかおりな》
イラスト カット

口絵・本文イラスト
カット

装丁
百足屋ユウコ＋石田 隆（ムシカゴグラフィクス）

# 目次

神子《みこ》とは、時折世界に現れる神に愛された者のことを指す。
その者は神に愛され、世界に祝福されている。
神に愛されし神子は、人々に大きな影響《えいきょう》を与《あた》えている。
神子は、特別な力を持つとされている。
しかし特別であるが故《ゆえ》に、神子は普通《ふつう》を理解出来ない。
神子と、他の存在。それは確かに違《ちが》うものである。

# 1　少女と、道中の平穏な日々

「レルンダ、眠《ねむ》いのか？」

「うん……少し」

目をこすっていたら、狼《おおかみ》の獣人《じゅうじん》のオーシャシオさんに聞かれた。

私、レルンダは今、大切な仲間たちと共に新天地を目指して進んでいる。

昨日は少しだけ夜空を夢中で見ていて、夜更《よふ》かしをしてしまった。それも移動中とはいえ、皆《みんな》がいることに私が安心しきっている証《あかし》なのかもしれない。

何事も油断はしない方がいい、というのは分かるのだけれども契約《けいやく》している魔物《まもの》たちや、獣人やエルフの皆。彼《かれ》らが一緒《いっしょ》にいるというだけで私は心穏《おだ》やかに過ごしてしまっている。

住む場所が決まってないことには不安を感じている。けれど、心の平穏《へいおん》を保つためには住む場所よりも一緒にいる人の方が大事なのかもしれないと思った。

生まれた村に住んでいた頃《ころ》は魔物に襲《おそ》われることがなく、何も考えずに生活することが出来た。でも、私の心は何事にも動かされることはなく、ただ生きているだけだった。けれど今は新天地にたどり着いていなくても、村にいた頃よりも幸せを感じている。

「ぐるぐるうるる（眠いなら背で寝《ね》ててもいいぞ？）」

「ううん、大丈夫《だいじょうぶ》。自分の足で、なるべく歩きたい」

レイマーから背に乗って眠ってもいいと言われたけれど、断った。

ちらりと、一緒に移動している獣人の子どもたちを見る。エルフたちの中には子どもがいなかったから、狼の獣人の村からずっと一緒にいる皆だけだ。

ガイアス、シノミ、カユ、イルケサイ、ルチェノ、リリド、ダンドンガ。

私にとって大切な友達。

シノミたちは、アトスさんが亡《な》くなって移動することになった時には悲しんで、どうしたらいいか嘆《なげ》いていた。でも今は、そういうことを言わなくなった。

それは多分、狼の獣人の村を出て、エルフたちと出会って、魔物退治をして――とたくさんの経験をしたからこその変化なんだと思う。皆だって、経験したことから何かを感じて、そして成長していくんだ。――私と、同じように。

完全にこの状況《じょうきょう》を割り切れているわけではないと思う。私も少し安心してしまっているとはいえ、未来に不安がないわけではない。けれど、皆、前を向いている。

誓《ちか》いを立てたから。必ず安心出来る場所に皆で行こうって。

だからこそ、未来に対する希望やその誓いを叶《かな》えることに対する熱意の方が強い。私は皆で一つの気持ちになっていることが嬉《うれ》しい。

ただ、一つ気がかりなことがある。

「……ガイアス」

「……なんだ、レルンダ」

「これ、食べる？」

「……いらない」

ガイアスは私が差し出した果実を受け取らない。無視は流石《さすが》にされないけれど、何を考えているか分からないような表情をしている。

――ガイアスの様子が、最近おかしい。

ガイアスは出会ってからずっと優《やさ》しかった。私はグリフォンたちと暮らしていた不思議な人間の子どもで、獣人たちにとって人間は警戒《けいかい》対象だった。でもガイアスは、一番に私に手を差《さ》し伸《の》べてくれた。

獣人の村へ行ってから、リリドたちと仲良くなれるようにと支えてくれた。ガイアスがもう友達だって、他の皆とも仲良くなれるって言って手を繋《つな》いでくれたから、私はきっと獣人の村に早く馴《な》染《じ》むことが出来たんだ。

全部、全部ガイアスのおかげだった。

だから、ずっと優しくて、いつも笑っていたガイアスの様子がおかしいのが私は悲しい。どうしてガイアスがそんな態度を取っているのかは分からない。私とガイアスは友達なのに。何を考えているのか知りたいけれど、まだ聞けないでいる。

「レルンダは食べられるものしか見つけないよな……。流石、神子《みこ》ってところか」

「うん。なんとなく、分かる」

私は今、猫《ねこ》の獣人のニルシさんやエルフたち、シーフォとフレネと一緒に食べ物を探しに来ている。

◆

野営地として決めた場所から、少し森の中に入って探しているのだ。食事をとらなければ人は生きていけない。安住の地がない私たちにとって、毎日の食べ物を手に入れるのは重要なことだ。

私はお腹《なか》がすいて仕方がないという状況になったことがないけれど、お腹がすいたというのが限界になると人は死んでしまうのだという。そうならないように、たくさん食べ物を見つけたいって思っている。

これは食べない方がいいとか、私にはなんとなく分かる。だから生まれ育った村にいた頃も危険な食べ物を口にしたことはなかった。見つけられるのは食べられるものばかりだったもん。だからこそ私はよく食べ物探しに参加している。私にとって当たり前だったことが、皆のためになるんだって思うと不思議だけど嬉しい。

私が神子かもしれないと知っても、皆は優しかった。私をただのレルンダとして変わらずに接してくれている。私は自分で出来ることをやって、皆のために力を磨《みが》こうと決意したけど、まだ定住地が決まっていない今はそこまでする余裕《よゆう》がない。

だからこうやって、日常の中で皆のためになれることを頑張《がんば》りたい。

「レルンダがいれば食べ物も見つけやすい。助かっている」

「毒のある植物が分かったりするのはいいわね」

この森の中にはたくさんの植物や果実が生えている。エルフたちは長い間森に住んでいたけれど、元々エルフの村があった周辺以外は把握《はあく》していない。だから、彼らが知らない植物や果実もある。そういうものを見つけられた時に勘《かん》で分かるのは、皆にとって助かっているんだって。

「ひひひひーん（レルンダは凄《すご》いな）」

「ふふ……。シーフォもたくさん、集めて、凄い」

シーフォは私を凄いと言ってくれるけれど、シーフォもたくさん果実などを持ってきてくれていて、凄いと思う。

スカイホースという空を自由に駆《か》けることが出来る魔物だからこそ、上から見つけられる食べ物もあって、とても私たちの助けになっている。

さらには手に入れた植物や果実を背負ってくれるので、シーフォがいてくれて本当によかった。

「結構集まったから、そろそろ戻《もど》るか？」

「……うん」

ニルシさんの言葉に私は頷《うなず》いて、皆で野営地へと戻った。

野営地に戻って、たくさん集めた果実などを皆に見せると、喜んでくれた。

「ありがとう、レルンダ。これで明日も頑張れるよ」

おばば様はそう言って、私の頭を撫《な》でてくれた。おばば様の優しくて柔《やわ》らかい笑《え》みを見ると、心が温かくなった。

集めた食べ物で、おばば様たちと一緒に料理をする。

「シーフォ、火を熾《おこ》して」

「ひひひひーん（まかせて）」

木の枝や葉っぱを集めたら、シーフォに火を熾してもらう。

その火を使って、グリフォンたちに狩《か》ってきてもらった魔物のお肉を焼いたり、集めてきた山菜を炒《いた》めたりした。

旅の途中だから時間をかけたものは作れないけれど、皆で一緒に食事をするからこそより一層おいしいと感じる。

地面に座《すわ》り込《こ》んで、お肉を頬張《ほおば》る。

火を通しただけのものだけど、口の中に肉汁《にくじゅう》が広がって幸せな気持ちになれた。

「ぐるぐるるるるるる（このお肉おいしい！）」

「ぐるっぐるるるるる（生もおいしいね）」

レマとルマの兄妹《きょうだい》は私のすぐ傍《そば》でそんな会話を交《か》わしている。

人である私たちは生肉を食べたらお腹を壊《こわ》してしまうけれど、魔物であるグリフォンたちはお肉を生で食べても問題ないようだ。以前グリフォンたちがあまりにもおいしそうにしていたから、私も生肉を食べてみたいってつぶやいたらレイマーとランさんに止められたんだっけ……とそんなことを思い出した。

「ひひひひひーん（レルンダ、僕《ぼく》が熾した火で焼いたお肉おいしい？）」

「うん、おいしい。シーフォもおいしい？」

シーフォは馬の魔物だからお肉よりも山菜や果物の方が主食みたいで、それを食べている。シーフォは自分が熾した火で焼いたお肉がおいしいと聞くと、得意げに「ひひひひーん」と鳴いていた。そんなことで喜ぶシーフォがなんだか可愛《かわい》くて、食事中だというのに思わず手を伸ばして撫で回してしまう。

シーフォのことを撫でるのも私は好きなの。最近は旅の途中だというのもあって、村にいた頃よりブラッシングが出来ていないから、今度時間を見つけてまたやってあげよう。ブラッシングした方がシーフォも気持ちがいいみたいだし、撫で心地《ごこち》もいいもん。

「ぐるぐるるるるるる（レルンダ、食事の手が止まってるぞ）」

「だって、シーフォが可愛いから」

「ひひひひーん⁉（可愛い⁉）」

シーフォは雄《おす》だから、可愛いと言われてちょっとショックを受けていた。でも可愛い。というか、契約獣たちはシーフォに限らず、皆とっても可愛い。

魔力《まりょく》で繋がっているからか、より一層私にとって特別な感じがするし、「ぐるぐる」「ひひひひん」と鳴き声をあげる私の家族は可愛い。

「シーフォが可愛いっていうのは、私には分からないわね」

「もちろん、フレネも可愛い」

私の肩《かた》にちょこんと座ったフレネにそう言えば、フレネは嬉しそうに笑った。

新しく契約を交わした風の精霊《せいれい》のフレネも、とっても可愛い。

そうやって契約している皆に囲まれながら私は食事をとった。

食事を終えてから、ガイアスがいないことに気づいた。

そういえば、ガイアスはどこにいるのだろうか。きょろきょろとあたりを見回す。色んな人の姿が視界に映るけれど、ガイアスの姿が見えない。

「レルンダ、どうしたんだ？」

あまりにもきょろきょろしていたからだろう。

オーシャシオさんが私の方へとやってきて、声をかけてきた。

「ねぇ……、オーシャシオさん。ガイアスは？」

「あっちにいるぞ」

オーシャシオさんが指差した方を見ると、先ほどまで見つからなかったガイアスの姿が見えた。

こちらに背を向けて座り込んでいる。

「ガイアス……どうしたの、かな」

「んー、あいつも考えることがあるんだろう。今は放っておいて問題ないと思う」

「……オーシャシオさん、ガイアス、何、考えているか分かる？」

「なんとなくはな」

私は全く分からない。ガイアスが何を考えているのか、どうして様子がおかしくなっているのか。

だけどオーシャシオさんには分かるんだなって、少しだけもやもやしてしまった。私とガイアスは仲良しだと思う。私はガイアスのことが大好きだもん。

だからガイアスが悩《なや》んでいるなら力になりたいって思っているのに。私にはガイアスの気持ちが分からない。

「レルンダ……そんな顔をしなくていい」

オーシャシオさんが優しい顔をして私の頭を撫でる。

「ガイアスも色々考えたい時があるんだよ。そっとしておいてやろう。本当に気になるならあとでガイアスと話してみればいいと思うぞ」

「……うん」

今は、ひとまず皆と話しながら、のんびり過ごそうと私は頷いた。

「ふふふ、レルンダ、よく出来たでしょう！」

自信満々にそう言って、私にドヤ顔を向けているランさんがいる。

安心出来る場所を目指して進む途中だから毎日というわけではないけれど、ランさんは時々私の髪型《かみがた》を変えてくれる。

アトスさんが生前、ランさんに丁寧《ていねい》に髪の結び方を教えていたというのもあって、上手に髪を結べるようになっていた。私も自分で少しずつ髪を結ぶ練習もしている。けど、ランさんは私の髪を結びたいらしくて、よく「髪を結びましょうか」とやってくる。

自分の髪型はどうでもいいと思っているけれど、ランさんがやりたい！　という目を向けてくると断る気にはならない。

今日は長い髪を後ろで一つに結んでいる。髪型を変えると少しだけ違《ちが》う自分になれた気がして面《おも》白《しろ》いなと思う。髪型を変えるだけでこんな気持ちになれるなんて、不思議なものだ。

鏡を村から持ってこなかったから、川から汲《く》んだ水で自分の髪型を確認《かくにん》した。上手に結べている。

「ありがとう、ランさん。上手」

「どういたしまして」

ランさんはにこにこと笑っている。

ランさんの髪も私ほどではないけれど、結べるほどの長さはある。髪を結んだりしないのだろうか。そう思いながら、じーっとランさんのことを見つめる。

「ん？　どうしたんですか、レルンダ」

「ランさんは、髪を結んだりしないの？」

「え、私ですか……？」

ランさんは、そんなことを言われると思わなかったとでもいうようなぽかんとした表情をした。

「私はいいですよ。私は嫁《とつ》ぎ遅《おく》れですし、見せる人もいませんし……。そもそも私が髪型を変えたところで誰《だれ》が喜ぶんですか？」

「えー。私は、ランさんの違った髪型、見てみたい」

いつもと違うランさんを見てみたいって思う。

ううん、ランさんだけじゃなくて色んな人の見たことのない姿が見られたら、楽しいんじゃないかってそんな気持ちが溢《あふ》れてくる。

「ぐるぐるるるるる（見たい、見たい！）」

「ぐるぐるるるっるるるるうる（皆、見たいと思うよ！）」

「……レルンダ、グリフォンたちはなんと？」

「見たいって。あと、皆も見たがってると思うって」

私がそう言うと、ランさんはなんとも言えない顔をした。他の皆も見たいって言ったら、違う髪型をしてくれるだろうか。

「皆に、聞いてくる」

「え、ちょ、レルンダ」

ランさんに背を向けて、グリフォンたちと共に他の皆のところへ向かった。ランさんに違う髪型をしてほしい人はどのくらいいるだろうか。

というわけで、皆に聞いてみた。

「ランドーノの違う髪型？　まぁ、やってみたらいいんじゃないのか？」

「ランさんが髪型を変えるの？　わぁ、いいと思うわ。ランさんは美人だし、絶対にどんな髪型でも似合うわ」

「ランさんを着飾《きかざ》らせるの？　だったらお化粧《けしょう》とかもした方がいいんじゃ……」

「まぁ、髪型変えても似合うのではないか？」

男の人たちより女の人たちの方が、ランさんの違う髪型を見たいと言う人の数が多かった。女の人の方がやっぱりおしゃれに興味があるらしい。

カユとシノミも「是非《ぜひ》見たい」って目をキラキラさせていた。

なので、皆で一緒にランさんの元へ向かった。ちなみに興味本位でニルシさんとか男の人たちも見に来ていた。

「ランさん、皆、見たいって」

「ぐるぐるるるっる（皆、ランさん大好き）」

「ぐるぐるるっ（皆、見たいって）」

私が皆を連れてランさんの元へ戻れば、ランさんは「えぇぇえ!?」と声をあげた。

そんなランさんに、ゼシヒさんたちが突撃《とつげき》していく。私はランさんを囲む女性たちの中に混ざる。

「え、ちょ、わ、私はいいですよ！」

「いいえ、駄目《だめ》よ。ランだって女の子なんだから、もっと色々な髪型に挑戦するべきだわ。せっかく整った顔立ちをしてるんだから」

「え、ちょっと、ゼシヒさん！　私は女の子って年ではありませんよ！」

「いいえ、女性はいつだって女の子だって言えるわよ。それに私はランのことを可愛くしたいもの」

薬師のゼシヒさんがいい笑顔《えがお》を浮《う》かべて、ランさんにじりじりと迫《せま》っていった。そして押《お》し切られたランさんは、ゼシヒさんたちにされるがままで髪をいじられていた。

お団子にしてみたり、ポニーテールのようにしてみたり――最終的に髪を頭の後ろで丸めて、横髪を中に入れた形の髪型になった。とっても綺麗《きれい》で大人っぽい。

思わずキラキラした目でランさんのことを見てしまう。

「ランさん、とっても似合っているね。憧《あこが》れるわ」

「うんうん。とっても綺麗だわ！　大人の女性っていう感じがする髪型ね」

シノミとカユも私と同じことを思っているのか、はしゃいだ声をあげていた。

「……あ、あまり見ないでください！」

ランさんは恥《は》ずかしそうに赤くなった顔をそらした。こんな表情をしているランさんは珍《めずら》しい。

「照れてるの？　とっても可愛いわよ。ね、ニルシさん、オーシャシオ」

ゼシヒさんは優しい笑みを零《こぼ》して、覗《のぞ》きに来ていたニルシさんたちに視線を向ける。

「……まぁ、似合っているんじゃねぇの」

「そうだな。そういう髪型も新鮮《しんせん》でいいと思う」

ニルシさんはちょっと素直《すなお》じゃない感じで言い、オーシャシオさんははっきり言った。

「み、見ないでください！」

ランさんはキッとニルシさんのことを睨《にら》みつけた。

「なんだよ、別に減るものじゃないだろ。……たまにはそんな恰好《かっこう》もいいんじゃねぇの」

「な、なんですか。急に！　減る減らないの問題じゃなくて、ただ私が恥ずかしいんですよ。羞恥《しゅうち》心《しん》が限界なんですよ！」

そんな風に会話を交わすランさんとニルシさんを見ながら、この二人も仲良しになったなぁと嬉しい気持ちでいっぱいになった。

ランさんとニルシさんは、出会った頃は互《たが》いに警戒していたし、仲良しではなかった。でも今はこんな会話をするぐらい二人は仲良しになっている。

最初は、人間に村を襲われたってこともあってニルシさんは私にもランさんにも警戒心しか向けてなかったのに。

「ふふっ」

「レルンダ、どうしたのよ？」

「カユちゃん、あのね、ランさんとニルシさんが、仲良しだなって」

「そうね。あの二人結構、仲良しだわね」

カユも私の言葉に同意してくれた。

「仲良くない（です）！」

私がカユとこそこそ話していたら、ランさんとニルシさんが同時にこちらを向いてそう言った。

そうやって声が揃《そろ》うところがもう仲良しって感じだと思う。

「いえ、仲良しだわ。どこからどう見ても仲良しよ」

ゼシヒさんが面白そうに笑って、はっきりと言う。うん。誰がどう見ても仲良し。

「ランさん、ニルシさん、仲いいの、いいことだよ」

「レルンダ……まぁ、仲良しなのはいいことですが……。でも、そんな風に言われるほどニルシさんと私は仲良しではないと思います」

「そうだぞ。レルンダ。俺《おれ》とランがそこまで仲がいいわけがないだろう」

「ううん。仲良し」

同じことを言う二人に思わず、笑顔になってそう言えば二人は困ったような顔をした。

「仲良しなのはいいことだよね。私とレルンダちゃんとカユちゃんも仲良しだもの」

「ええ。私はシノミのことも、レルンダのことも大好きだわ」

「私も、大好き」

シノミとカユとそうやって言い合えるのが嬉しかった。

まだまだ、私たちはどこに向かうのか分からないけれど、こんな日々が続いてくれればいいと私は願った。

# 幕間　神官、国を出る／父親、反省せず

私イルームは、本物の神子《みこ》を捜《さが》すための旅に出ることになった。神託《しんたく》の中で、神子の姿を見ることが出来たからだ。

とはいえ、それ以外のことを特別に知っているわけではない。神子であろう、アリス様の妹である少女をどうにか見つけなければならない。そのために私はどのように動くべきだろうか。

神に愛されている子どもとされている方が簡単には亡《な》くならないはずだと思っている。

だが——神子が無事だからと安心しきっていいわけではない。私は神子のために、行動を起こしたい。他でもない誰《だれ》のためでもなく、神子のために。

神子を捜すための旅に出ることになった私だが、一人で、というわけではもちろんない。一人で出来ることは限られているからだ。

しかし神子を捜すためとはいえ、大神殿《だいしんでん》にいるのは偽物《にせもの》の神子だというのを公《おおやけ》にするわけにもいかない。それもあって大々的に神子を捜しにいく部隊を編制出来るわけもなく、少人数である。

私を含《ふく》めて、神子を捜すために編制されたメンバーは、騎士《きし》、女性神官、侍女《じじょ》、そして神殿が雇《やと》っているという魔法剣士《まほうけんし》の、五人だ。これだけの人数で大丈夫《だいじょうぶ》なのかという不安はあるが、それ

でも成《な》し遂《と》げなければならない。私はどうしても神子に会いたいのだ。

私と騎士だけが男性で、他の三人は女性である。

どうして何が起こるか分からない、どこに行くかも分からない旅に女性を連れて行くのか、それに対しての疑問は尽《つ》きない。危険な旅には女性よりも、男性を連れて行く方がいい気がするのだが……。しかし、ジント様や大神殿はこのメンバーで問題ないと判断したのだ。

真に、神子という存在のことを思うのならば、神子の意思を第一に考えるべきなのだが、共に神子を捜しに出かけるメンバーに関してはどういう意図が働いているか分からない。なので、神子とされる少女には私が一番最初に接触《せっしょく》し、彼女《かのじょ》の意思を確認《かくにん》出来るようにしたいと思った。

先に私が接触さえすれば、神子の意思が大神殿に来ることでない場合、そのまま見ないふりをすることだって出来る。

……神子に会うまでに対策を考えなければならない。

他のメンバーが神子の意思を無視して大神殿に連れて行こうとする可能性だってあるのだから。

そのために彼《かれ》らがどのような考えを持っているかというのを知らないといけない。

「まずは、どうなさいますか。イルーム様」

侍女として付き従うことになった、若い女性が私を見上げて問いかけてきた。連れて行くことになった女性陣《じん》は、驚《おどろ》くことに年若く、見目が麗《うるわ》しい者ばかりだ。

それを基準に選んだのではないかと疑ってしまうぐらいだ。流石《さすが》にそんなことはないと思っているが……。

隣国《りんごく》であるミッガ王国に神子が行ったという見方もあるのだが、その可能性は低いだろうとジント様は言っていた。私も同感だ。

もし神子がミッガ王国に入ったのならば、ミッガ王国はフェアリートロフ王国の大神殿に対して、偽《いつわ》りの神子を掲《かか》げていることを批判しただろう。

それがないということは、ミッガ王国には神子は訪《おとず》れていない。もしかしたら、神子がミッガ王国にいながら気づかないということがあるかもしれないが……。その可能性も低いだろう。

もしミッガ王国で神子が暮らしていれば、ミッガ王国には何かしらの影響《えいきょう》が生じるし、神託も受けることが出来るだろう。そういう変化が見られないということは、神子がミッガ王国に訪れていないということ。それなら、どこに行ったのか。

――フェアリートロフ王国でも、ミッガ王国でもない場所と考えるのがいいだろう。アリス様が育った村の位置を考えると、フェアリートロフ王国とミッガ王国の国境の南に広がる森が一番有力なのではないかと私は思っている。

とはいえ、これは私が考えているだけのことだ。本当にそうであるかは分からない。

「私は、神子様は森の中に入っていったのではないかと考えています」

「森の中へ?」

女性神官から訝《いぶか》しげな目を向けられてしまった。

「神子様は、アリス様と同じ年の少女なのでしょう？　でしたら危険な森の中へなど入ることはないと思います。幼い少女がそんな場所で生きていけるはずもありませんし、森の中に入っていたならば神子様はとっくに死んでいるということになりませんか。貴方《あなた》は神官でありながらそれを望むのですか？　神子様が死んでいる可能性よりも生きてお目にかかれる可能性を考えるのが神殿に仕える身として当然です」

女性神官はそんなことを言っているが、正直神子のことを思ってというより、自分自身が森の中に入りたくないという思いが透《す》けて見えている気がした。

神子が森の中へ向かったというのはあくまで私の勘《かん》であるが、そんな風に最初から却下《きやっか》されるとどうするべきかと悩《なや》んでしまう。

この女性神官は、神子よりも自分のことの方が大切なのかもしれない。

「……そうでしょうか。では、まずは神子様がいた村に向かいましょう」

女性神官は、意地でも森に入りたくないというように見えた。ならば……私だけでも神子の元へたどり着くために、単独で森の中へ入れるようにしたいと思う。

……いや、それは最悪の場合だ。女性神官を大神殿に帰して、他のメンバーで神子を追って森の中へと入っていけることになればいい。

そのためには、他のメンバーを説得しなければ。神子がいた村へ行くまでの間で、メンバーの説得を試みよう。

「これは……」

神子の住んでいた村を目の当《ま》たりにした私は、思わず驚愕《きょうがく》の声をあげてしまった。村は酷《ひど》い有様《ありさま》だった。空気はどんよりとしており、まるで誰かが亡くなったような雰囲気《ふんいき》を醸《かも》し出《だ》していたのだ。

村人に問いかけてみれば、この村では虫害が起こり作物が育たなくなっているのだと言う。それだけではなく、ここ数年起こることがなかった災害が起こっているのだと。それは神子に愛された土地は栄えるという噂《うわさ》からは程遠《ほどとお》い現状だった。

その現状を見て、やはり神子はアリス様の妹であると思えた。

より一層森へ入りたくなったのだが、反対されてしまった。今度は女性神官だけでなく、説得出来なかった侍女と騎士からも反対されたため、結局強行突破《とっぱ》は出来なかった。

そこで森の中に神子が入ったと仮定して、森の反対側を目指してみようと思った。

森の面積は広く、反対側と言ってもたどり着くことは難しいだろう。しかし、単独で森の中へ入れる隙《すき》があるかもしれない。

広大に広がる未開の森。

その中に神子が足を踏《ふ》み入れ、どのような生活をしていらっしゃるのか。大神殿やフェアリートロフ王国は、神子のことを大神殿に迎《むか》え入れたいとお思いだろうけれども、私としてみればそうではない。神子の意思が第一で、神子という存在に私自身が寄《よ》り添《そ》っていけるのが一番なのだ。それに、フェアリートロフ王国の神子が本物ではないかもしれないとミッガ王国側に知られると、厄介《やっかい》なことになりかねない。

神子に早く会いたい。お会いして、神子の意思を聞きたい。

そんなわけで、私たちはフェアリートロフ王国の東側、川を隔《へだ》てた向こう側の、小国の連合国家を目指している。

現在は、内紛《ないふん》が起こっている状況《じょうきょう》で入るのは危険だろうが、森の反対側を目指す上でそちらに向かう方がいいと思ったのだ。

それにしても……、こうして旅をしていて私は女性神官と侍女の不可解な行動に眉《まゆ》を顰《ひそ》めてしまう。

なんというか、私に接近してこようとするのだ。際《きわ》どい恰好《かっこう》をしていたりと、年頃《としごろ》の女性であるというのにはしたない。私が自制出来ずにいたら、大変な目に遭《あ》ってしまうというのに。

そのことを魔法剣士に告げたらなんとも言えない表情をされたが、どうしてなのだろうか。魔法剣士の女性だけ、他のメンバーたちとは雰囲気も何もかも違《ちが》う。神殿に所属しているというわけではなく、神殿に雇われている立場だからだろうか、私たち大神殿に所属している者とは異なる思考を持っているような気がする。

騎士、侍女、女性神官といった神殿に正式に所属する三人は、神子を大神殿に迎えなければという思いが強いようだ。私とは考え方が違うのでそのあたりもどのようにすべきか、と頭を悩ませている。

まさか、と思うが神子の考えを無視して強制的に連れ出そうと行動を起こすかもしれない——と最悪の場合の可能性を想像してしまう。

そんなことを考えながらも、私たちは馬車に乗って、川にかかっている巨大《きょだい》な橋を渡《わた》った。

川の向こうまで行けば、もうフェアリートロフ王国の領土ではない。ここへ来るまでの間に、私が一人で森に入りそうだと思われていたのだろう。他のメンバーが私の言動に目を光らせていた。私は一人で森の中に入る気はないと態度で示してやり過ごした。

しかし、彼らが油断した時に森へ飛《と》び込《こ》もうと考えている。女性神官は、神子は連合国家にいるのではないか、などと言っていたが、もしそうであるのならば連合国家内の内紛になんらかの形で影響を与《あた》えると思うのだ。

しかし、そのような情報は入ってきていない。なので、恐《おそ》らく連合国家には入っていないだろう。

橋を渡りながら、もし私が神子の意思を尊重して行動すれば、もう大神殿には戻《もど》れないだろうと思いを馳《は》せた。なぜなら、神子を見つけたのに連れて帰らなかったと知られれば、命令に背《そむ》いたと判断されるからだ。

大神殿に戻れないということは、私の友人たちも家族も、全て置いていくということだ。

でも——例え、この身が大神殿に戻れないということになっても、私は神子という尊き存在のために行動を起こせる者でありたい。神子のために行動を起こしたい、神子に出会えたら、神子の傍にお仕えしたいと私は思うのだ。

◆

どうして、このようなことになってしまったのだろう。

神子として大神殿に引き取られたアリスの父親である俺《おれ》が、どうしてこのような目に。それになぜ、妻が病に倒《たお》れなければならないのだろうか。

俺は、大神殿の者たちにあの疫病神《やくびょうがみ》——レルンダの存在を洗いざらい話させられた。あのような不気味な子どものことを話さなければならない意味が分からなかった。あんな不気味な子どもの話なんてしたくなかったのに。それからしばらくして俺は妻と離《はな》され、軟禁《なんきん》されてしまった。

時々、大神殿側からの命令で、何も喋《しゃべ》らずに笑った姿を民《たみ》に見せるようにと言われる。それを嫌々《いやいや》実行している時だけが外に出ることを許される。

「神子であるアリスの父親にこんな真似《まね》をしていいと思っているのか」と口にすれば冷笑が返ってきた。

さらには、恐らくアリスは神子ではなく、本物の神子はあのレルンダだろうなどと言われる始末だ。

レルンダが、神子？

あの、不気味な子どもが？

俺は聞いた時に、正直何を馬鹿《ばか》なと思った。

いるだけでその場を暗くするような子どもが、神子だというのが信じられなかった。

しかし、アリスをその身に宿してから体調がよくなった妻が、アリスが神子として幸せに暮らしているのに体調を崩《くず》しているというのは、おかしい。どういうことなのだろうか。

神官たちは俺たちがレルンダを捨てたから、この状況になったのだろうと言っていた。

神子の妹を捨てたのがいけなかったのだろうか。そう考えると、あの時、レルンダを捨てなければよかったかもしれない。捨てずに、神子の妹として神殿に引き取らせれば、妻が体調を崩すこともなかったかもしれない。

それにしても、レルンダが神子だと彼らは言うが、本当にそうなのだろうか。とてもじゃないが信じられない。本当にそうだとしてももっと神子だと分かるような特徴《とくちょう》があるべきではないか。アリスのように美しいわけでもなく、不気味な子どもでしかないのに神子であるとは……神様の好みが分からなくなる。

そもそもどちらにせよ、俺たちが神子の両親であるということは変わらないだろうに、このような不当な扱《あつか》いをする大神殿にも憤《いきどお》りを感じてしまう。

それにレルンダも、レルンダだ。

俺たちはレルンダのことを不気味だろうが、育ててやった。だというのにそのことを感謝していないからこそ、妻が病気になったのだ。なんて酷い子どもだろうか。


妻の元へ顔を出す。

そのことは監視《かんし》の下許されている。病に臥《ふ》せっている妻の元へ顔を出すのにも大神殿の許可がいるとは、不満で仕方がない。

ただ、妻は大神殿の手配した者の手によって順調に回復している。俺たちが神子の両親であるから手配をしてもらえたそうだ。

「――貴方」

ずっと寄り添ってきた妻の弱々しい声がする。

本当に、どうしてこんなことになったのだろうか。

俺たちは幸せになるはずだった。

アリスという愛《いと》しい子どもがいて、その子どもが特別で、私たちは神子の両親として幸福に暮らすはずだったのに。

そもそも、どうしてあの不気味な子が神子だと言われているのだろうか。本当に神子なのだろうか。

そんな疑問さえも湧《わ》いてくる。あの不気味な子が、アリスに何かをして神子の力を奪《うば》ったのではないだろうか。アリスが神子という尊き存在であるというのは納得《なっとく》が出来るが、あんな不気味な子どもが神子であるというのはどうも納得がいかない。神子なのはやはりアリスだとしか俺には思えない。アレはどこまでも不気味だったから。

そもそもアレのせいで、妻がこのような状況に陥っているのだと思うと許せない気持ちになってくる。

大神殿側は、アレを必死に捜しているようだ。見つかったら妻に詫《わ》びさせなければならない。なぜならアレが育ててやった恩を忘れているからこそ、妻がこのように大変な目に遭っているからだ。

あの不気味な子ども――レルンダのせいで、俺たちはこんなことになっているのだ。あの子が俺たちのことを不幸にするのだ。

「――この男、反省の欠片《かけら》もないな」

「……このような者が神子様の父親とは」

あの子のせいで、あの子さえちゃんとしていれば――、そればかり考えていた俺の耳には、俺を監視する目的でついてきている大神殿の神官と騎士たちの言葉が耳に入っていなかった。どれだけ彼らが冷たい目を俺に向けているかも、俺がどういう風に彼らに思われているかも、何も俺は気にしていなかった。

ただ俺はレルンダのせいでこんな目に遭っているのだという思いと、病気で臥せっている妻に元気になってほしいという思いでいっぱいだった。

## 2　少女と、獣人の少年の悩み

私たちは南へと向かっている。どこに拠点《きょてん》を作るかという話し合いをしながら、私たちは進んでいく。

ガイアスは、相変わらず何か考《かんが》え込《こ》むような顔をしていて、そのことが心配になる。オーシャシオさんは放っておいていいと言っていたけれど、本当にいいのだろうか。ガイアスのことをもっと理解出来たらいいのに。

そう思うが、私の心を皆《みんな》が正確に分からないように、私とガイアスも違《ちが》う人だから正確に全てが分かるわけではない。

私は生まれ育った村にいた時、こんなことを考えたことがなかった。死んでいなかっただけで、あんまり何も考えずにただ生きていた。

会話をすることもあまりなく、口を開くこともなかった。誰《だれ》かのことを知りたいという気持ちもなく、自分で何かをするということがなかった。

でもグリフォンたちやシーフォという家族と出会って、大好きな皆と出会って、私は色々なことを知った。話さなければ分からないこともあるというのも、皆に出会って分かったこと。このままうじうじ悩んでいても仕方がない、ガイアスと話してみようと私は決意した。

けれど、ガイアスと話す機会は中々訪《おとず》れなかった。ガイアスは私を避《さ》けているのか、こちらに来ることがあまりなかった。それに移動中というのもあって、周りに人がいる時が多かった。

ガイアスに近づくことも出来ないまま、いつ聞き出そうと私はタイミングをはかっていた。

そんな中でガイアスから話を聞く機会は、それから数日後に出来た。


夜だった。

空を見上げれば、星々が輝《かがや》いている。真っ暗な空にぽつりぽつりと光が瞬《またた》き、その様子が綺麗《きれい》だと思った。

星空を見上げていると落ち着く。ううん、星空だけじゃなく自然に触《ふ》れているとなんだか落ち着くことが出来る。

ガイアスと誓《ちか》いを立てた時もこんな夜だった。そう思い起こしながらなんだか眠《ねむ》れなくて、少しだけ歩いた。

「あ……」

歩いていたら、ガイアスがいた。

ガイアスも夜空を見て落ち着きたかったのだろうか。空を見上げて立っていた。

ガイアスが私に気づいて、目が合う。

「レルンダ」

「ガイアス……」

私は、ガイアスと見つめ合う。けれどガイアスは逃《に》げるように踵《きびす》を返して、そのまま去ろうとする。

私はそんなガイアスの腕《うで》を慌《あわ》ててつかんだ。ガイアスは私と話したくないのかもしれない。だけど、私はガイアスの話を聞きたい。ガイアスが何を考えているのか知りたい。——だから、この機会を逃《のが》したくなかった。

「ガイアス、話そ」

腕をつかまれ、驚《おどろ》いた顔のガイアスをじっと見つめる。戸惑《とまど》うガイアスに私がそう言えば、ガイアスは頷《うなず》いてくれた。

だから、二人で並んで地面に座《すわ》った。

「ガイアスは……」

私はガイアスが何を考えているのか、知りたいと思っている。だけど、無理に話してもらうのも、と思って言葉が続かなかった。

ガイアスは、私の方を見て少しだけ笑って言った。

「レルンダ、俺《おれ》が何を考えているか気にしてるんだろ?」

ガイアスは、私が何を聞きたいのか、分かってくれていた。私が頷くと、ガイアスは口を開いた。

「レルンダは……、あの魔物《まもの》退治の時も、凄《すご》かったし、普段《ふだん》から食べ物を見つけたり、役に立ってるだろう」

ガイアスが、私のことを口にする。凄かった、なんてガイアスは言うけど私は必死だっただけだ。余裕《よゆう》なんてなくて、ただがむしゃらに動いていただけだった。

「……皆のための力になれて。それに、グリフォン様たちやスカイホースと契約《けいやく》を結んでいて、今回は精霊《せいれい》とも……」

「……うん」

ガイアスが悩んでいることは私に何か関係があるのだろうか。分からないからこそ、ガイアスの話を聞く。ガイアスのことを、知りたいから。

「レルンダは……、その、神子《みこ》かもしれなくて、凄くて……」

「凄く、ない」

「いや、凄いだろ。皆の役に立ってる。でも俺は――、皆が安心出来る場所を作りたいってそう言ってはいるけど、全然駄目《だめ》だろ」

ガイアスが、何を言っているのか分からない。

ガイアスが駄目？　そんなことはない。

ガイアスはいつだって優《やさ》しくて、私のことを助けてくれて、私はいつだってガイアスに助けられてきた。私はガイアスのことを凄いって思う。

「――俺は口だけで、レルンダみたいに行動出来てない。全然、力がない。魔物退治の時も、俺は何も出来なかった」

「……そんなこと、ない。ガイアス、いつも優しい。私、ガイアスのおかげでたくさん、助かってる。それに私、安心出来る場所を作りたいとか、思いつかなかった。ガイアスが、思いついて、皆に伝えた。だから、皆もそれがいいってなったんだよ」

ガイアスはいつも優しくて、私はガイアスのおかげで助かっていて。それに、皆の目標になったことも、ガイアスが口にしたその願いがあったから始まった。

ガイアスが言い出さなければ、その素敵《すてき》な願いが皆の目標にならなかったかもしれない。ガイアスから聞いて、素敵だなと思ったからその願いを私も叶《かな》えたいって思ったんだ。

「私、ガイアスのおかげでこれだけ、前を向けるようになったんだよ。ガイアス、駄目とか違う。ガイアス、凄い！」

ガイアス自身が何度、自分は駄目だって言おうとも、私はガイアスを凄いと思っているもの。ガイアスは凄いって私は何度だって伝えたい。

ガイアスがいたから、今の私がある。そう自信満々に言えるぐらい私はガイアスに助けられている。

自分のことを大切になんて出来なくて、ただ生きているだけだった私が、こんなにも自分の意思で頑張《がんば》っていこうと思えるようになったのはガイアスのおかげだ。

そして私が、皆が安心出来る場所を作りたいっていう目標を抱《いだ》けるようになったのも、ガイアスがその目標を私に教えてくれたからだ。こんなに素敵で大きな目標、私だけでは思いつくことなんて決して出来なかった。私だけだったなら、目標のために頑張ろうって思わなかった。

ガイアスがいてくれたからだ。私の背中を押《お》してくれて、私の手をずっと引いてくれていたからだ。

「——そうか？」

「うん、ガイアス凄い！」

私は心からそう思っているから、躊躇《ためら》いもせずその言葉を口にした。

「……ありがとう、でも俺、もっと皆の役に立ちたい。口だけじゃなくてもっと強くなりたい。皆のこと、もっと守れるようになりたいんだ」

「うん、じゃあ、一緒《いっしょ》に頑張ろう」

「ああ」

「私、ガイアス、強くなれるように祈《いの》る」

「ありがとう、レルンダ。そしてごめんな」

「何を、謝《あやま》ってるの？」

「よそよそしい態度取ってしまったから。俺が急にあんな態度取ってレルンダも困っただろう」

ガイアスはそんなことを言う。

「なんでだろうって思ったけど、ガイアスの思ってることを知れて嬉《うれ》しかった。友達と、喧嘩《けんか》するのも初めてだったから」

「ははは、そうか」

ガイアスが笑ってくれた。少しは心が晴れてくれるといいな。ガイアスが強くなれるように私は願おう。ガイアスが笑ってくれるように、私は祈ろう。

そして一緒に、頑張っていけたらいいいってそう思うんだ。

——その翌日、思いもかけない変化が一つ起こった。

私は結構ぐっすり眠ってしまっていた。だけど、周りがざわめいていたので、驚いて飛び起きた。どうしたんだろう、何かあったのだろうか。私はそう思いながらざわめきの方へ向かった。

その中心には、ガイアスがいた。

ガイアスが戸惑った表情を浮《う》かべている。

「あれ……？」

ガイアスの耳と尻尾《しっぽ》の色が、違う。茶色だったその耳と尻尾が、美しい銀色に染まっていた。

「綺麗な、銀色……」

耳と尻尾の銀色は見たことがないくらい綺麗だった。

目が覚めて、気づいたら色が変わっている。

これって、私……。思わずレイマーの方を見てしまう。

レイマーも目が覚めたら変わっていた。

ガイアスにも同じことが、起こった？　私が……起こしてしまった？　私は慌てて囲まれている
ガイアスの元へ向かって話しかけた。

「……ガイアス、色、私のせいかも」

「レルンダの、せい？」

「うん……、レイマーも、私が怪我《けが》をしてほしくないと願ったら、金色に変わった。私、ガイアス
のことを祈った。もしかしたら……それでかもしれない」

ううん、かもしれないではなくて、私のせいだろう。

私のせいかもしれない。

そう思うと、何を言っていいのか分からなかった。私がガイアスのことを変えてしまったことに
どうしたらいいのか分からなくなった。

「……そうなのか」

「うん、多分……。ガイアス、何か夢を見た？」

「ああ……」

「……ごめん、なさい」

「なんで謝るんだ？」

「ガイアス、自分で力つけたいって言ってた。それなのに、私、ガイアスに何かしてしまった。ガイアスは、望んでなかったかもしれないのに」

ガイアスは自分の努力で強くなることを望んでいた。なのに、私は勝手に力を与《あた》えてしまったかもしれない。ガイアスはそんなことを望んでいたわけではなかっただろうに。

もしかしたら、ガイアスに嫌《きら》われてしまうかもしれない。そう思うと、緊張《きんちょう》した。

「レルンダ、恐《おそ》らくそれは違います。ガイアスはレルンダから祝福を与えられたのだと思いますが、その祝福は与えられる側が承諾《しょうだく》しない限り成立しないはずですから」

私の言葉に真っ先に返事をしたのは、ランさんだった。

そういえばレイマーも夢で何かを聞かれて、答えたから変化が訪れたと言っていた気がする。ガイアスも、そうなのだろうか。

「ガイアス、そうなの？」

「……ああ。聞かれて、答えて……俺が受け入れたのは確かだ。夢だと思っていたし、まさかこんな変化があるとは思ってなかったけど」

夢だと思っていたから受け入れたのに、それで結果的に自分が変わっているなんて不意打ちにもほどがあるし、ガイアスが望んだ変化なのか分からない。

「やっぱり、ごめん。ガイアスは変化を望んでなかったかも。私、余計なことをしてしまったかもしれない」

「気にしなくていい。どんな形でも、力が手に入るのは……まぁ、複雑だけど嬉しいことだから」

「うん……」

「何か、力が湧《わ》いてくる感覚はある。見た目は色が変わっただけなのに。……でも今は、与えられているだけだから、俺はもっとこの与えられた力を自分のものに出来るようにしたい。もらったものに、自分が追い付けるように——、そして皆の役に立てるように」

ガイアスは、私の目を見て言った。

ガイアスが私のことを嫌ったわけではないと知って、ほっとした。

ガイアスは、やっぱり優しい。そして心が強いと思う。そうでなければ私が神子かもしれないと告白した時に、あんな態度は出来なかっただろう。

そして今だって役に立てないということを落ち込んでいたけれど、それでも卑屈《ひくつ》になることがない。

——私はやっぱり、ガイアスは凄いと思う。私よりもずっとずっと、ガイアスは凄い男の子なんだ。

「うん……私も、頑張る。神子かもしれない、っていう力はある。そして契約している皆がいる。だけど……私自身はそんな力ない」

ガイアスの思っていることは私も思っていることだ。

私には特別な力があるかもしれない。そして契約を交《か》わしている皆がいる。皆はとても凄い。だけど、私自身は全然凄くない。もっと、私自身が皆の契約主として相応《ふさわ》しい存在になりたい。胸を張って、皆と一緒にいられる存在でありたい。

「だから、ガイアス、一緒に頑張ろう。一緒に、強くなろう」

「うん……」

「レイマー、大きくなったりしている。ガイアスは、どう変わったか知らなきゃ」

「うん」

レイマーは色の変化だけでなく、身体《からだ》が大きくなるという変化もあったけれど、今のところガイアスには身体の大きさの変化は見られない。耳と尻尾の色が変わっているけれど、それ以外にも何か変わったのだろうか。それも知っていかなければならないと思った。

私自身が、神子かもしれない力についてもっと知らなければならないのと同様に、ガイアスのことも知っていくべきだと思った。

「レルンダ、やっぱり貴方《あなた》は神子ですわ」

ランさんはそんなことをつぶやきながら、何かを書いていた。

◆

私とガイアスの会話は、皆が聞いていた。

「ガイアス君が変化したのは、レルンダちゃんのおかげなのね。私たちはガイアス君のように出来ないけど、一緒に頑張りたいもの」

「私ももっとレルンダやガイアスに置いていかれないように頑張るわ‼」

「一緒に、頑張ろう」

シノミとカユの優しい笑《え》みと宣言に、私がそう返すと、二人は笑みを深めた。ガイアスも獣人《じゅうじん》の男の子たちと一緒に似たような会話を交わしている。

「俺ももっと強くなりたい」

「ガイアスには負けないからな！」

「もっと頑張って役に立ってやるからな」

イルケサイたちの言葉に、ガイアスも言葉を返す。

「ああ。俺も負けないように頑張る」

そうやって男の子同士で高め合うように会話をするのはなんだかいいなぁと思う。混ざりたくて見ていたら、イルケサイたちが「レルンダにも負けないからな」と声をかけてきた。

住む場所を探しながら歩みを進める中で、強くなりたいという思いからシノミ、カユ、イルケサイ、ルチェノ、リリド、ダンドンガの六人の獣人の子どもたちと一緒に身体を動かしたりしていた。

体力をつけることも、皆を守るために必要なことだと思う。体力がなければいざという時に動けないもの。

男の子たちは、ガイアスの耳と尻尾が銀色になったことがかっこいいと声をあげている。

茶色の耳と尻尾もいいけれど、銀色の耳と尻尾はもっといいと、まじまじとガイアスの変化した部分を見ながら思った。

ガイアスは、変化が訪れてから以前より魔力《まりょく》を感じやすくなったと言っていた。身体《しんたい》強化の魔法《まほう》もちゃんと使えるようになっていた。

だけど、他の子どもたちは魔力を持ってはいなかったみたいで身体強化の魔法も使えなかった。

そのことに落ち込んでいた子もいたけれど、獣人はそもそも魔法を使えない者が多い種族なのだから、仕方がない。

「使えないなら、身体、鍛《きた》えればいい」

私はそう言った。

「私、皆ほど身体能力ない。その、強み活《い》かして頑張ればいい」

私は身体強化の魔法を使えるけれど、元々の身体能力は獣人の方がずっと高い。そう考えると、獣人で身体強化も覚えたガイアスの身体能力って凄そう。

それに、得意なことが皆同じだったらやれることも狭《せば》まってしまうから。それぞれ得意なことが違う方がいいと最近思っている。

私はフレネに風の魔法を習っていた。身体強化の魔法よりも、風の魔法を使うのは難しい。魔物退治の時はフレネが手伝ってくれて魔法が使えた。

「難しい……」

フレネの手伝いなしに魔法を使ってみようとしたら全然上手《うま》く出来なくて少しだけ落ち込んでしまった。

あと土の魔法に関してはシレーバさんたちに少しずつ教わっている。こちらは、風の魔法よりも上手くいかない。やっぱり私は風の魔法への適性が高いみたい。

色んなことに手を出して、中途半端《ちゅうとはんぱ》になったらそれは駄目だと思うから、風の魔法を使うことを第一の目標としている。

ちなみにフレネは先生としては結構厳しい。

「レルンダ、それじゃあ上手くいかないよ！」

「えっと、じゃあこう？」

魔力を練って、試《ため》してみるがまた失敗する。それでもフレネは根気強く私に教えてくれる。

「そこは、こうやって――」

フレネは私のことを思って必死に教えてくれているのが分かるから、そんなフレネに応えられるようにと必死にやっている。

風の魔法が使えるようになったら、グリフォンたちやシーフォのように空を飛んでみたい。こうして、皆と一緒に空を飛びたいっていう目標があると中々上手くいかなくても頑張ろうってやる気が出てくる。

ひとまず、フレネの補助ありでも失敗をしているから、フレネの補助なしでも魔法を使えるようになって、失敗をなくすようにしないと！

「……俺、他に何が出来るんだろ？」

ガイアスは変化してすぐなのもあって、自分が何を出来るか明確に分からないようで困っていた。魔力を感じやすくなったのは確かだろうけれど、それ以外に何か変わったりしているのだろうか。

「何か、出来そうとかない？」

「んー……力が湧いてくるのは感じるんだけど、何が出来るか本当に分からない」

ガイアスは困った顔をしている。耳と尻尾から、落ち込んでいるのが分かる。

「私も、全然風の魔法、出来ない」

「うん」

「……私たち、まだまだ。少しずつでも、頑張ろ」

「うん」

少しずつ頑張ろうという言葉に、ガイアスも頷いてくれた。

ガイアスの変化のことや、私たちが出来ることについて、ランさんともお話しした。

ランさんは物知りだからためになることを教えてくれるのではないかと思ったから。

「レルンダ、レイマーもガイアスも貴方から祝福を与えられたのだと見受けられます。レイマーもガイアスも貴方の騎士《きし》となったのはいいことだと思います。ただ、騎士の数は限られているのです。容易に祝福を与えないようにした方がいいと思いますわ。もちろん、条件があるでしょうから簡単に祝福を与えられるわけではないと思いますが」

祝福の話は少しだけランさんから聞いたことがあった。でも、そういうことが私には出来るっていうのがなんとなく理解出来ているだけだった。

その祝福がガイアスになされた。故《ゆえ》にガイアスは耳と尻尾の色が変化した。

「数が限られてるって、どのくらい？」

「分からないのです。ただ文献《ぶんけん》には、『神子の騎士』の数は限られているといった記述がありますし、確かに祝福を直接与えられた存在は数えられるだけしか文献の中には存在しておりません」

「うん」

「ですのできちんと考えて祝福を与えた方がいいと思うのです。とはいえ、一番はレルンダが望むままに与えるのがいいのですが……」

「うん」

正直、願ったり祈ったりした時に変化が起こっているから考えた方がいいと言われてもよく分からなかった。

私の願いと祈り。それが他の人へ祝福を与えるきっかけになる。でも、それをどう制御《せいぎょ》出来るのだろうか。

「レルンダが好きな人に祝福を与えるのがいいと思うのです。ただ……世の中にはそれを目当てで本心を隠《かく》して貴方を懐柔《かいじゅう》しようとする者も出てくるかもしれません。これからどうなるか分かりませんが、今のように人が少ないうちは大丈夫《だいじょうぶ》かもしれない。でももしこれから仲間が増えていくとしたら、全員がレルンダにとって優しい存在であるとは限らない。レルンダが好きだと思って、信頼《しんらい》している相手がずっとそういう存在でいてくれるかも分かりませんから……」

「……うん」

難しい話だと思う。私が好きだと思って、信頼している相手もずっとそうでいてくれるか分からない。

それは例えば、今は仲良くしているランさんが私のことを将来的に嫌ったりする可能性があるということだろうか。そんなことはないと信じたいけれど、そういうことが起こるかもしれないのが現実なのだろう。

「――難しい話をしてごめんなさいね、レルンダ」

「うん」

「貴方が神子であるかもしれないからこそ、ちゃんと考えなければならないのですよ」

「……うん」

私はランさんの言葉に、頷く。難しい話だけど、私が神子かもしれないからこそ考えなければならないこと。向き合っていかなければならないこと。

私はランさんの話を聞きながら、そのことをより一層実感した。

## 幕間　王女と、商会／王子と、叱責

私、ニーナエフ・フェアリーはヒックド・ミッガ様と婚約《こんやく》を結んだ。

神子《みこ》かもしれない少女に会った。

そう、ヒックド様は言っていた。

ヒックド様が嘘《うそ》をついている可能性ももちろんあった。けれど、私はヒックド様が嘘をついているようには決して見えなかった。

神子かもしれない少女にどこで会ったのか、少しだけ聞くことが出来た。ヒックド様は魔物《まもの》が多く、両国が開拓《かいたく》することが出来ていない森の中で少女と出会ったらしい。でもこういう込《こ》み入《い》った話は、他の人がいる前では出来なかった。

――このことは、互《たが》いの国王に言うべき案件なのかもしれない。

だけど、私はお父様に報告することを躊躇《ためら》った。ヒックド様も自分の心にだけ留めているように見えたからというのもある。

神子であるかもしれない少女。その存在について、どうして私にだけヒックド様は教えてくれたのか。

何か、私に期待している？　それとも、ただ誰《だれ》かに告げたかっただけなのだろうか。

我《わ》が国《くに》にいる神子が本物ではないとして。

その先で私たちの国はどうなるのだろう。フェアリートロフ王国は、無事では済まないだろう。

国民に神子が本物ではないと知られてしまったら、大神殿《だいしんでん》にいるアリス様は神子を詐称《さしよう》したとして大変なことになるだろう。偽物《にせもの》の神子を神子として掲《かか》げた大神殿も同様だ。そのことが露見《ろけん》すればミッガ王国も、フェアリートロフ王国の影響《えいきよう》でどのようになるのか、正直分からない。

……現状、ヒックド様が遭遇《そうぐう》した少女が本物だとして、私にはその少女を捜《さが》すすべはない。力のない王女である私には動きようがないのだ。ならば、どうするか。どのようにすべきか。

まず、第一に私が考えていることは、神子として保護されているアリス様が、もし偽物と分かった時に何かしら動ける力をつけること。今、少しずつ辺境の地で味方を増やしているが、もしこの国に何か起こった時に動けるだけの力はない。

大神殿に信頼《しんらい》の置ける伝手《つて》でも出来れば別なのだけれども、今のところ難しい話だ。

そしてヒックド様との交流をもっと深めていくこと。ヒックド様の下には、騎士《きし》がつけられていると聞いているし、ヒックド様の側仕《そばづか》えは心からヒックド様を慕《した》っているように見えた。

だけどヒックド様はその者をあまり顧《かえり》みていないように見えた。どうして、ヒックド様はあれだけ憂《うれ》いを帯びた目をしているのだろうか。本人は魔法《まほう》が使え、才能に溢《あふ》れている王子であるというのに。

どうして、全てを諦《あきら》めたような表情をいつだって浮かべているのだろうか。ヒックド様と本当の意味で協力をすることが出来たら、フェアリートロフ王国が崩壊《ほうかい》した時にもう少し動きやすくなるように思えるのだが。もっとヒックド様に踏み込むことが出来るようになれば、なぜそうなのか知ることが出来るのだろうか。

――そのように、たくさんのことを思考する中で、私の元に一人の商人がやってきた。

ヴェネ商会と呼ばれる国内外で強い力を持つ商会の手の者だった。どうしてそのような者が、私の元に来るのか、最初はさっぱり分からなかった。

その商人はにっこりと笑って言った。

「――我が商会の主は、元々神子様の家庭教師をしていたランドーノ・ストッファー様と旧知の仲なのです。その彼女《かのじょ》が追放を言い渡《わた》された時点で、この国に見切りをつけております。しかし、このフェアリートロフ王国が完全に崩壊した場合の損害を考えると、我が商会の方にも大きな影響が出てしまいます。ですので、こちらとしてはそうならないために動こうとしております」

ランドーノ・ストッファー。彼女の名前は把握《はあく》している。

神子として保護されているアリス様の家庭教師をしていた女性。彼女はどこに行ったか、今は分からない。国から姿を消したとは風の便りで聞いた。

神子のお披露目《ひろめ》は済んでいるものの、活動を大々的に行ってはいない。この国はもう駄目《だめ》かもしれないと思っているのは、私だけではない。私と同じような考えで動いている人がいる。その事実に少しだけ心が軽くなった。

この国は、というよりも、人々は神子という存在を妄信《もうしん》している。神子さえいればこの国は安泰《あんたい》で、崩壊しないと、そう信じ切っている。

だからこそ、神子を保護出来ているから大変なことになるはずがないと思い込んでいる。

「それで、どうして、私の元へ来たのですか」

「情報収集をした結果、王女殿下《でんか》の行動が気にかかったのです。王女殿下は、現実をきちんと見ていらっしゃる。他の王族の方なら、私の発言に逆上することでしょう。今、それをなさらない時点で、王女殿下はこの国の現状を正しく理解しているのが分かります。これからのことを考えると、貴方様《あなたさま》と協力関係になりたいと我が主《あるじ》はお望みです」

「協力関係……？」

「はい。私たちは貴方様のことを利用します。ですから、貴方様も私たちを利用する。そういう関係をお望みなのです」

「――利用する、ですか」

「ええ。利用し、利用される関係です」

にっこりと笑ってそう言ったその女性の言葉に、私は頷《うなず》いた。

◆

俺《おれ》、ヒックド・ミッガの婚約者、ニーナエフ・フェアリーに動きがあるという報告を配下の者――幼い頃《ころ》から俺の傍《そば》につけられている五つ年上の男、エジーから聞いていた。

ニーナは、俺にない行動力を持ち合わせている。加えて、自分がどのようにやっていきたいのかというのを恐《おそ》らく明確に持っている。

彼女の明確な目的を知るために話し合う場を設けたい。そう思いながらちらりとエジーを含《ふく》む俺の側仕えを見る。側仕えといっても父上からつけられている者で、第七王子である俺の下に正式についているわけではない。

――俺は、ニーナの目的を知ることを望んでいる。だが、その場を設けるためには一人では出来ない。今のところ、俺に最も近い位置にいる彼《かれ》らは、父上に俺の立場が悪くなるようなことは報告していないように見える。

――あの神子であろう少女について父上にばれていないのも、彼らが報告をしていないからである。

「――ヒックド様、どうなさいましたか」

「……」

ニーナと話をしたい、そしてその話した内容を父上に絶対に報告しないでほしい。

そう告げたらエジーはどうするだろうか。本当の意味で俺とニーナが二人っきりになれることはないだろう。扉《とびら》の外に側仕えや護衛がおり、話は聞こえてしまうだろう。その状況《じょうきょう》でどこまで踏み込んで話せるか。

そんなことを悩《なや》んでいた。俺は結局、行動に移せない。父上に敵対するような行動を起こすことを恐れている。


結局、悶々《もんもん》としている中でニーナからの訪問があった。

ニーナは、俺とニーナの側仕え一人ずつを扉の外に残した状態で、俺と向き合っている。俺は父上と敵対することを恐れて行動出来ないというのに、ニーナは凄《すご》いと感心してならない。

それにしても話とはなんだろうか。

「ヒックド・ミッガ様、貴方は――、これからどのように動くつもりなのでしょうか」

彼女は意思の宿る瞳《ひとみ》で俺を見ている。俺とは正反対で、自分がやりたいこと決め、動いているというのがその表情から分かる。俺は意思のない人形のように父上の命じるままに動いている。そんな俺と彼女は正反対だと実感させられる。

「どう、とは」

「フェアリートロフ王国はいずれ、崩壊するでしょう」

ニーナは、告げた。外に側仕えがいるというのに、踏み込んだ話をしている事実に驚《おどろ》いた。

「——そして、ミッガ王国も現状どうなるか分からないでしょう。その時、ヒックド様はどうなさるつもりですか」

どうするつもりなのかと、ニーナは問う。その目はどこまでも真《ま》っ直《す》ぐだった。意思の強い瞳が俺を見つめている。

俺はそれに、すぐに答えられない。

「——フェアリートロフ王国が大変な状況になった時、私はフェアリートロフ王国の民《たみ》のために動きたいと思っています。そして今、大神殿に保護されているアリス様の保護をしたいと思っております。恐らくフェアリートロフ王国が崩壊した際、彼女の立場は危《あや》ういものになるでしょう。でもアリス様はまだ子どもです。私よりも幼い少女に全てを押《お》し付けて責任だけ取らせるのは間違《まちが》っていると思います。私はそのために動いております。私の現状の目標はそれなのです。ヒックド様はどうなさるつもりですか」

フェアリートロフ王国も、ミッガ王国もどうなるか分からない。——それは事実だろう。

フェアリートロフ王国は、保護している神子が偽物であるという時点で崩壊の危機にある。神子という存在を敵に回したとも言える。

さらに神子として少女が保護されたのは、彼女が七歳《さい》の時。ついこの前、その神子は九歳になったという。それだけの期間があれば、本当に神子であるのかと疑問を持つ者が少しずつ増えていくのもあり得る話だ。

ミッガ王国も隣国《りんごく》であるフェアリートロフ王国の影響を強く受けることは予想出来る。俺は……父上を絶対的な存在と思い込んでいたのだとニーナの言葉に実感する。俺は、大変なことになるという認識《にんしき》がありながらも、ミッガ王国がなくなるということがイメージ出来ていなかった。

「……俺は」

ニーナの目標を聞いて、俺はニーナのことを凄い王女だと思った。明確な目的があり、その目的のために動いている。俺とは、大違いだ。

俺はそんなニーナのことを眩《まぶ》しい存在だと憧《あこが》れる。

だけど――

「俺は……動かない」

俺の口はそう動いていた。

「動かない？　それはなぜですの？　貴方は私よりも力がある。なのにどうして動かないなどと言うのですか？」

「俺は……ニーナほど強くはない」

俺は何を言っているのだろうか。扉の外に側仕えがいる状況で、こんな本音を口にするなんて。

だけど、どこまでも真っ直ぐに俺を見据《みす》えるニーナに、思わず言葉が漏《も》れてしまった。

「強くない？」

「ああ。俺は――父上に逆らえない。俺は思うことがいくらあったとしても、動けない。父上の望む俺であろうとするだろう。それに比べてニーナは強いな。俺は父上の命令の下でしか動けないけれども、ニーナは自分の意思で動いている」

俺はそう言ってニーナを見る。ニーナはなんとも言えない表情をしていた。俺のこんな姿は、ニーナにとって情けなく映るだろう。俺自身も、俺のことが情けないと思っている。

「だから、俺には期待しないでくれ。俺はニーナの望むようには動けない。ただ、ニーナの邪魔《じゃま》もしない。外にいる側仕えにもそう命令しよう。それに側仕えが従うかは分からないが」

俺はその言葉で、もう話を終えたつもりだった。だから背を向けて扉を開けて、エジーに命令を下そうと思った。だが、立ち上がった瞬間《しゅんかん》に呼び止められた。

「――ヒックド・ミッガ様！」

大きな声に驚いて振り向けば、俺よりも背の低いニーナが手を伸《の》ばして、俺の頬《ほお》を叩《たた》いた。

身体をそれなりに鍛《きた》えている俺からしてみれば、特に痛くもない。ただ――両頬を叩かれたことに俺は驚いた。

「――貴方は逃《に》げているだけですわ！　理由をつけて、恐れて、逃げているだけよ！　貴方は、私のことを強いなどと言うけれど、強くなんてありません。私だって、これからどうなるのかという不安は強いですわ。そして私もお父様に敵対するかもしれないと思うと恐ろしいわ。でも――恐ろしいからと動かなければどうしようもないのです！」

俺の目を真っ直ぐ見て、その思いをぶつけてくる。怒鳴《どな》るような声。だけど、彼女の心からの言葉だ。

「動かなければどうしようもないことがあります。逃げているだけではどうしようもないことも多くありますわ。貴方は現状から目を背《そむ》けている。ミッガ王国の国王陛下に逆らうことが出来ない、恐ろしいとただ理由をつけて逃げているだけですわ。自分の意思を持っていても、その意思を貫《つらぬ》こうとしていない。ただ流されているだけですわ。でも貴方には、力があります。王族であるということもそうですし、剣《けん》の腕《うで》があって魔法も使えるということもそうですし、何より、貴方を本気で心配している配下もいます。それなのに、逃げないでください！　貴方は私よりも動ける力を持っている。それだけの力があれば、貴方は行動することが出来ますわ！」

俺に対して、逃げているだけなのだと告げる。俺は自分の意思を持っていても、動こうとしていないと。

「貴方は何を諦めているのですか！　諦めて、動く前から出来ないとなぜ決めつけているのですか。動かなければ、結果がどうなるかなんて誰にも分からないのです。その結果、大変な目に遭《あ》うかもしれない。だけど、流されるままに他人の意思で行動して大変な結果になるよりも、自分が決めたことを自分の意思でやって大変な結果になる方が絶対にいいと私は思います。――それとも貴方は、このまま、ミッガ王国の国王陛下の命令でのみ動き続けるつもりですか？　全てを諦めて、そのまま流されて、国王陛下と共に滅《ほろ》びるつもりですか⁉」

俺の目を見据えて問いかけてくる。

「ミッガ王国、第七王子ヒックド・ミッガ様、——再度問いますわ。貴方はどうなさるつもりなのですか？」

俺の頬から手を離《はな》さないまま、ニーナは真っ直ぐに俺を見てまた問いかけた。

「俺は——」

そして、俺はそんなニーナに対して答えた。

# 3　少女と、新たな地

「この場所の空気、とてもいいわ。精霊樹《せいれいじゅ》の宿り木も喜んでいる」

フレネがそう口にした場所は、小高になった山が傍《そば》にある場所だった。小さな滝《たき》も近くに流れている。獣人《じゅうじん》の村にいた頃《ころ》は、このあたりに山があることなんて遠過ぎて見えなかった。

もっと南に行けばもっと大きい山があるのが今は見える。山に登れば、私たちが進んでいる森がどこまで続いているか分かるかもしれない。

フェアリートロフ王国とミッガ王国の南に広がるこの森は、これだけ広大でどんな危険があるか分からないからこそ、未開の地とされていたのだろう。

ランさんは、私がいたから魔物《まもの》に襲《おそ》われることがほとんどなくここまで来られたんだろうと言っていた。私の存在が皆《みんな》の役に立っていると思うと嬉《うれ》しかった。

私たちは今、フレネの言葉を聞いて、この場所に住むかという検討をするために周りの散策をしている。いくら精霊樹や精霊にとって心地《ここち》よい場所だったとしても、人間である私や獣人であるガイアスたちやエルフであるシレーバさんたちにとって心地よい場所でなければ意味がないから。

皆で共に過ごせる場所を作るのが私たちの目標なのだから。

結局、皆で見て回ってこの場所がよさそうだということで、ここに家を作ることになった。

「やった！　ようやくゆっくり休める！」

シノルンさんがそう言って張りあげると、周囲もそれぞれ声をあげ始めた。

「ようやく定住の地が見つかったのだな」

「俺《おれ》は絶対にここを住みやすい地にする！」

「うぅ……ようやくここまで」

感極《かんきわ》まって涙《なみだ》を流している人もいるぐらいだった。皆が喜んでいて、私は嬉しかった。皆同じ気持ちで、ようやく見つかった定住地に喜んでいるのだ。

まずは精霊樹の宿り木をどこに植えるかというのを議論することになった。あのエルフの村では、村から離《はな》れた位置に植えられていたけれど、今回は魔物の影響《えいきょう》もないため離して植える必要はない。それに中心部にあった方が守りやすいと思う。

精霊樹の宿り木は全部で三つ、この前手に入った。そのうちの一つを植える。残りの二つは、もしこの場から去る場合のことを考えて、とっておけばいいんだって。

そうしていれば、万が一、別の場所に移動しなければならない時も精霊樹と精霊たちを守れるからって。

「――場所、どこがいいかな」

「このあたりによい魔力《まりょく》が流れているわ。だから、ここに植えたらいいと思うの」

「そうなの？」

「うん。土地に流れている魔力が凄《すご》く心地よいわ。私もここにいると心地よいの」

「そうなんだ」

土地に流れている魔力がとても心地よいのだと、だからここに植えた方がいいとフレネは教えてくれた。皆もそれを聞いて、じゃあここに植えようという話になった。

元々そこにあった木を何本か伐採《ばっさい》して、開けた場所を作って、そこに精霊樹を皆で一緒《いっしょ》になって植える。精霊樹の中でお休みをしている精霊たちが早く元気になってくれたらいいなと願いながら私は精霊樹を植えた。

精霊樹を植えたあとは、自分たちの村を作っていこうかという話し合いをしている。

「我らエルフの住まいはやはり木の上に作りたいものだ」

「俺たちは、木の上ではなく地面に建てたい」

「精霊様を祀《まつ》る場所も当然作りたい」

「狩《か》りをした魔物とかを解体する場所も必要だ」

それぞれが互《たが》いに意見を出し合っている。私やランさんも聞かれたけど、私はグリフォンたちやシーフォと一緒に暮らせる家ならどちらでもいいと思った。家を建てる場所もそれぞれ違《ちが》うから、それぞれが住みやすい場所を作っていきたいと考えている。

結局、ランさんは私と一緒に住みたいと言ってくれたので、私とランさんと、グリフォンたちやシーフォ、そしてフレネも一緒に暮らせる家を作りたいと希望を出した。家の外にグリフォンたちの巣も作れるようにしたい。私の希望は大体それぐらい。皆が住みやすい家が出来たらいいなって思う。

ゼシヒさんは薬草園が欲《ほ》しいと言ったり、皆が希望や意見を出していた。一人一人要望がある。こうして皆で住む場所を作っていくというのは大変かもしれないけど、私は楽しいなと思った。

皆で一緒に作る、私たちの場所。

この、本当に何もない場所に、私たちがずっと過ごしていきたい場所を私たちの手で作っていく。それって凄く嬉しくて、素晴《すば》らしいことだって思うんだ。

作りたいものが決まると次はどの木を切っていくか、どういう配置にするかなどの話し合いをする。でも重要な話なのもあって、中々決まらなかった。話し合いをしているうちに、もう暗くなってきたので皆で雑魚寝《ざこね》をした。

この場所は空気がおいしい。風が心地よくて、なんだか落ち着く。

新しく住む場所が見つかったことに心が躍《おど》る。この場所から、私たちの新しい一歩が踏《ふ》み出せる。これからどうなっていくか分からないけれど、この場所に心地よい場所を作って、そしてこの場所を守っていけたらいいなと思ってならない。

空を見上げれば、星々が輝《かがや》いている。その星々は、私たちの新しい門出《かどで》を祝福してくれているようだと思った。

目を覚まして、皆でどのような村にしようかというのを話し合う。

どの木を切って、どの木を残すか、どのあたりに作物を植えるエリアを作るか。そういう話し合いをして、一から皆で決めていく。

私たち、一人一人が積み上げていくもの。作り上げていくもの。皆で、一緒に過ごしていく場を作っていけることが本当に嬉しいと思う。

◆

ドングさんたちが切ると決めた木を伐採していく。

身体《しんたい》強化の魔法《まほう》を使って、私も伐採を手伝おうとしているが、皆ほど力になれなかった。フレネに風の魔法で伐採した方が早いと言われたけれど、それも中々上手《うま》くいかなかった。魔力のコントロールが難しくて、余計な木を切ってしまったりしたため、一旦《いったん》私の伐採の手伝いは保留になった。魔力があって、風の魔法が使えるかもしれないけれど現状では役に立てないことに落《お》ち込《こ》んでくる。

木の伐採で役に立っているのは、成人している獣人の若者だった。その中でもやる気を見せていたのは、ロマさんという狼《おおかみ》の獣人だった。

「よしっ、出来た」

木を切り倒《たお》して、嬉しそうに笑うロマさん。その周りの獣人たちは、「伐採上手だな」、「流石《さすが》、ロマ」などと声をあげている。ロマさんは獣人の村にいた頃も力仕事を主にやっていた獣人だった。身体強化の魔法は使えないけれども、力が強くて、重いものをよく運んでくれていた。

私ももっと大きくなったら、ロマさんのように上手く伐採が出来るようになるだろうか。

じーっとその様子を見ていたらロマさんがこちらを見た。

「なんだ、レルンダ」

「ロマさん、凄いなって。私、伐採上手く出来ない」

私がそう言うと、ロマさんは「まだ子どもだから仕方ないだろ」と言って、私をなぐさめてくれた。

それから家づくりは、一軒《いっけん》ずつ、少しずつ組み立てられていった。

家を一から作るのも力仕事で、私は子どもだから、いくら身体強化の魔法を使っていても重いものをたくさん持てなくて、中々上手くお手伝いが出来なかった。魔法でのお手伝いも加減を間違えてしまって、家を建てるのに必要な材木をいくつも駄目《だめ》にしてしまった。

「ごめんなさい……」

「気にしなくていいわ。レルンダ。でも魔法はもう少し上手になってからにしましょう」

失敗した私にランさんは相変わらずの優《やさ》しい笑《え》みを浮《う》かべて、私の頭を撫でてくれた。せっかく魔法が使えるのにその魔法が上手くいかなくて、逆に手間をかけさせるなんてと落ち込んでしまう。

魔法をもっと使えるようにならなくちゃ。

ドングさんやロマさんたちが一生懸命《いっしょうけんめい》進めてくれているから、私はもっと自分で出来ることをやろうと決意した。出来ないことをただ嘆《なげ》いていてもどうしようもない。

私の今の一番のお仕事は、精霊樹に魔力を込めることだ。

「もっと、色々やりたい」

「レルンダは精霊樹に魔力を込めるっていう大事なことをやっているじゃない。これはレルンダしか出来ないことだもの」

「そうかなぁ」

「そうよ。レルンダがいなきゃ精霊樹がどうなるか分からなかったんだから、もっと胸を張っていいわ」

もっとたくさんの仕事をしたいと言った私にフレネはそんな風に笑って言う。私がこうして精霊樹や精霊たちの力になれるのは嬉しいけれど、もっと皆のために行動をしたいって焦《あせ》ってしまう。

ガイアスは、耳と尻尾《しっぽ》の色が銀色に変化してから身体強化の魔法が使えるようになったので、私とあまり年も変わらないのに伐採や家づくりに貢献《こうけん》していた。ガイアスは、以前よりも貢献出来るようになったことに嬉しそうにしていた。

薬草園や畑も作っている。ここでは地属性の魔法に長《た》けているエルフたちが大活躍《だいかつやく》していた。まだ精霊たちが回復していないから、彼《かれ》らも魔法を万全《ばんぜん》に使えるわけではない。それでもこの新しい土地で生きていくためにエルフたちも頑張《がんば》っているのだ。

土の魔法で土地を耕し、その耕した土をフレネに確認《かくにん》してもらう。

「いい土だわ。魔法を使うことでもっと植物が育てやすくなっているのが分かるわ。よい働きね」

「フレネ様にそう言っていただけると嬉しいです」

フレネの言葉にエルフたちは感激していた。フレネの言動一つ一つにそういった態度を取るのは何度見てもびっくりしてしまう。

薬草園や畑に、森の中で手に入れた種を植えていく。すぐには大きくならないだろうけれど、上手く育ってくれればいいな。

こうやって一つ一つ、自分たちの手で自分たちの住む場所を作っていけるのが嬉しいという気持ちになる。中々役に立てないことで複雑な気持ちも芽生えるけれど、自分たちの村が出来るのが嬉しい。


しばらくしたら新しい村での暮らしにも慣れてきた。

「レルンダ、私、今日は狩りの手伝いをしたの！」

「レルンダちゃん、私はね、お料理をしたんだよ」

カユとシノミがにこにこしながら私に話しかけてくれる。

「俺たちは解体をやった。な、ダンドンガ」

「うん。解体、大分上手く出来た」

イルケサイとダンドンガが二人で解体をやったのだと言う。

「俺たちはガイアスと一緒に家づくりやった！」

「あれ、俺たちが建てたんだぜ」

ルチェノとリリドが誇《ほこ》らしげに言って、家の方を指す。

今、私は獣人の子どもたちと一緒に話していた。もちろん、その場にガイアスもいる。

私はガイアスの銀色の耳と尻尾をじーっと見る。

元の色の耳と尻尾もとても魅力《みりょく》的だったけど、綺麗《きれい》な銀色の耳と尻尾はとても触《さわ》りたくなる。番《つがい》にしか認めない行為《こうい》だと知っているから我慢《がまん》して触りはしないけれど、とても魅力的なもふもふだと思って仕方がない。

「少しずつ、家が出来て嬉しいね」

「ああ。グリフォン様たちの巣も出来てきたな」

「うん」

グリフォンたちは自分たちで巣を運んで来ていた。少し小高くなっている部分にレイマーたちが一生懸命組み立てている様子を見て、微笑《ほほえ》ましい気持ちになった。子グリフォンたちは、初めて会った時よりも少しずつ大きくなっていた。あと三、四年で皆成体になるんだって、レイマーが言っていた。

子グリフォンたちは大きくなるのが楽しみだって声をあげていた。

その頃には私ももっと背が伸《の》びて、大人になっているのだろうか。その頃の私はどんな生活をしているのだろうか。少なくとも、大好きな皆と一緒にいられていたらいいな。皆と笑い合える私でいられたら嬉しいな。

「レルンダ、もう少し落ち着いたらまたおばば様が色々教えてくれるって言ってたよ！」

「それは楽しみ」

「私、お勉強あんまり好きじゃないけど、おばば様から教わるのが最近出来てなかったから楽しみなの」

カユがそんなことを言う。

ミッガ王国の人間から逃《に》げて、エルフの村でばたばたして、そしてまた移動して。そうしている中で、おばば様からゆっくりお話を聞く時間が作れなかった。

獣人の村では当たり前だった日常が、この新しい村で徐々《じょじょ》にまた当たり前になっていく――、そう思うと心が温かくなる。

当たり前の、優しい日常がここでは待っている。そんな希望が芽生えてくる。

その当たり前の、優しい日常を継続《けいぞく》させるために私は頑張りたい。

「グリフォン様たちへの祭壇《さいだん》も作れないかなーって皆言ってるんだけど。エルフたちの精霊へ祈《いの》る場所みたいな感じの」

「んー……あんまり大げさだと皆嫌《いや》がるかも」

「ちょっとしたのなら大丈夫《だいじょうぶ》かな？」

「どうだろ？」

イルケサイの言葉に、私はそう答える。今、周りにグリフォンたちはいない。シーフォは私のすぐ傍にいるけれど、グリフォンたちは巣作りに必死だから。エルフたちが精霊への祈りのために凄く大きな建物を作っていたのを見て、獣人の皆も作りたいと思ったみたい。

私が……、本当に神子《みこ》かもしれないのなら、私に加護を与《あた》えてくれているらしい神様に祈る場所も作った方がいいのかな？　イルケサイの言葉を聞きながら、ランさんに相談してみようと思った。


「神様に祈る場所、作った方がいい？」

「そうですね……、あった方がいい影響が出るかもしれませんね」

私が相談しに行ったらランさんはそんな風に言った。

もし、本当に私が神子という存在だとして、どの神様が私に対して影響を与えているのかさっぱり分からないけれど、それでもお祈り出来る場所を作ってお祈りしよう。私に不思議な力を与えてくれてありがとう、って。私がこうしてここにいられるのは、そういう不思議な力があるからなんだと思えるから。

ドングさんから了承《りょうしょう》を得てお祈りする場所は一生懸命自分で作ってみることにした。自分たちの家を作ったあとになるから、すぐには作れないけれど。

神様にお祈りしたら、何か変化が起こったりするんだろうか。ちょっとわくわくする。

◆

私とランさんの家もしばらくして完成した。

グリフォンたちやシーフォも一緒に入れるような大きさで、木で出来た一階建ての家。扉《とびら》は大きくて、中の家具はこれから必要なものを少しずつ作っていく。家具を作るのも少しずつ得意になってきた気がする。こうして出来ることが少しずつ増えていくことも嬉しいなと思う。

「ベッド、出来たね」

「ええ、出来ましたね。レルンダはどんな家具が欲しいですか？」

「私は、タンスとかももっと欲しいんだ」

「そうですね。洋服もこれから増えるでしょうしね」

他にどんなものが欲しいだろうか。すぐには思いつかないけれど、少しずつ生活していく中で必要なものが見えてくるだろう。

シレーバさんたち、エルフたちの家も一軒、一軒完成していく。あと精霊たちへの信仰《しんこう》の礼拝堂をエルフたちは一番気合いを入れて作っていた。エルフの村にいた時は、その建物の中に入ったことはなかったけれど、今回は出来たら入らせてもらえると聞いて嬉しかった。

この新しい場所は、私が生まれ育った場所とも、私が大好きだった獣人の村とも、そしてあの幻想《げんそう》的な風景のエルフの村とも違う光景が生まれていくのだろうか。

私たちの作り出す、私たちの村。私たち自身が住んでいく場所。

これからどんな風に新しい場所が作られていくのだろうと考えて楽しみでならない。

「村、という形が出来たらここでの決まりとかも作っていかなければなりませんね。少しずつ、私たちが住みやすい場所を作っていって、周りの環境《かんきょう》をもっと知っていかなければなりません」

「うん」

ランさんの言葉に私は頷《うなず》いた。

住みやすい場所を作るための決まりを作らなければならない。そして、もっと住みやすい場所にしていこう。周りの環境を知るのも大事だろう。私たちが安心して過ごしていくために周辺を探索《たんさく》していかなければならない。

「このあたりは人の手が入っていない場所ですからね、私たちが思ってもいない発見がたくさんあるかもしれません。育っている植物も見たことのないものがいくつかありますし、色々調べていきたいですね」

このあたりは人の手が入っていない。自然豊かで開発されている様子がない。だからこそ、何があるのか、というのはまだ未知数だ。

私たちの村の建物が出来上がった時にどんな感想を私は抱《いだ》くだろうか。この、私たちの住まう場所はどこに向かっていくのだろうか。それも、まだ未知なこと。

「うん。どんな発見が待っているか、楽しみ」

「ええ。でも大変な発見ももしかしたらあるかもしれません」

「うん。でも、私、今度は逃げないで済むように、皆のことを守れるように頑張る」

「ええ、頑張りましょう。私も一緒に頑張りますから」

私とランさんはそんな話をする。ここでどんな発見が待っているのか、どんな出会いが待っているのか、それを思うと不安もあるけど、楽しみが大きかった。


私たちは少しずつ村を形にしていった。

その結果、時間をかけて建物が連なっていく。精霊樹を真ん中に、その周りには大きな広場が作られた。

そこは、皆で集まって話し合いをしたり、祭りをしたりする時に使えるように作ったんだ。その広場の雰囲気《ふんいき》が凄く好きだなと思った。ここに皆で集まって、楽しいことがこれから行われていくんだって思うとわくわくが止まらない。

その周りに家が作られている。

エルフたちの家の中にも入ってじっくり見ることが出来た。家の壁《かべ》に精霊たちの絵姿が描《えが》かれていて、フレネが嬉しそうにしていた。

精霊樹の近くに、私が神様について祈る小さな建物も作った。お祈りする場所を真ん中に作ろうってことになって、その近くに精霊への祈りをする礼拝堂も、グリフォンたちへのお祈りの場所もある。

薬草園や畑もそれなりに形が整ってきた。まだ、少ししか面積はないけれどすくすくと育っている。

出来ないことも多いけれど、こうして新しい場所を皆で作っていけることが私は嬉しかった。

思わず鼻歌を歌いながら、せっせと薬草園の手入れをする。

「レルンダ、ご機嫌《きげん》だな」

「ガイアス！　うん。新しい村が出来るのが、嬉しいの」

穏《おだ》やかに暮らす場所。それは私たちが一度失ってしまった場所。それがまた出来上がっていっている。前とは違う、新しい形で。

「皆で、作っていけるの、楽しいと思う。それに、獣人の村とも、エルフの村とも違う。私たちが、一から作る村だもん」

そう、今まで過ごしたどことも違う。私たちが一から作っていく村。そう思うと、少しずつ出来上がっていくのを見るのが嬉しかった。

「そうだな。俺たちの手で作っていく村って、なんか響《ひび》きがいいよな」

「うん！」

ここから、新しい生活が始まる。村が出来上がるのが終わりじゃなくて、出来上がってからが始まりなんだ。

私は、皆で作ったこの場所で、ずっと生きていきたい。そう、思ったんだ。

# 幕間　王女と、崩壊の兆し／猫は、諦めない

商会と懇意《こんい》になってしばらく経《た》ったある日。

私はこの二年、アリス様が引き取られてからのことを思い起こしていた。

神子《みこ》、という存在がこの国に引き取られてから私の生活は大きく変わった。

そしてフェアリートロフ王国自体もどうなっていくのか分からない。

つい先日、私はヒックド様にきつい言い方をしてしまった。ヒックド様は力を持ちながら、動く気はなかった。そのことに思わず声をあげてしまった。言い切ったあとに、私は焦《あせ》った。やらかしてしまった、もうこのまま婚約《こんやく》は破棄《はき》かもしれない、と思った。

けれど、ヒックド様は私の言葉に怒《おこ》ることもなく、ぽかんとした顔をした。そして次の瞬間《しゅんかん》、笑ったのだ。

——何を思ったのか、私に協力すると言ってくれた。それからヒックド様は、少しだけ表情豊かになった。私に向かって、笑《え》みを零《こぼ》してくれるようになった。……互いの距離《きょり》が縮まって、ヒックド様に少しだけドキドキしてしまう。あんな笑みを私に見せてくれるとは思ってもいなかったから。

もしかしたら私はヒックド様に、恋《こい》をしてしまっているのかもしれない。

――しかし、今はそのことについて考えている余裕《よゆう》はない。フェアリートロフ王国はいずれ崩壊《ほうかい》するだろう。少なくとも、今まで通りではいられない。

ヴェネ商会の者からの仕入れた情報によると、フェアリートロフ王国内では現状に対する不満が膨《ふく》れ上《あ》がっているようだ。

神子という恵《めぐ》みを与《あた》えてくれるはずの存在がいるにもかかわらず不作が続き、悪いことが起こっている。

お父様は、今まで有能な王と言われていた。でも、それは間違《まちが》いなのだと私はこの二年で知った。二年前までこの国が上手《うま》く回っていたのは、恐《おそ》らく本当の神子である少女がこの国にいたからという影響《えいきょう》もあるのだろう。

神子がいる状況《じょうきょう》で、本当にお父様がもっと有能な王だったならばこの国はもっと栄えただろう。お父様は賢王《けんおう》でも愚《ぐ》王でもない。ただ、今まで問題が起こらなかったというだけなのだ。

――大神殿《だいしんでん》や王城では、保護されている神子は本物の神子ではないということが囁《ささや》かれているそうだ。

「……暴動が起こる可能性もありか。そして、貴族のうちの何名かは、行動を起こそうとしているか……」

私は思わずつぶやく。

「それに加えてミッガ王国の方では、奴隷《どれい》たちによる動きがあり……か。両方とも同時に動いたらどうしましょうか」

片方ずつ動くのならばまだしも、両方とも動こうとしているのならばどうなっていくのか分からない。

ヴェネ商会からの情報で、本物の神子を捜《さが》すために何名かが、旅に出ていったというのもある。最初に目が覚めた神官は、神子の捜索に出たという話だが、他の神官たちがどうなっているかは分からないのだという。

ヴェネ商会と手を結んだからこそ、様々な情報が私の元へ入ってくる。

情報を知れば知るほど、この国がいずれ今の形をなくしていくだろうことが見てとれる。そういえば、アリス様のことも少なからず聞いた。アリス様は前にも増して、我儘《わがまま》で癇癪《かんしゃく》を起こしていると聞く。

でも――、神子とされているアリス様の周りの者たちは、前ほどアリス様に従順というわけでもないらしい。

アリス様にあれだけ従順だった者たちが態度を変えたということは、やはり周りに侍《はべ》っていた神官たちにも、何か思うことがあったのだろう。

このままではあの神子とされている少女の身は危険だ。まだ九歳《さい》の少女に全てを押《お》し付けるのは、やっぱり私は違うと思う。

ヴェネ商会の者たちも「あの少女の自業自得《じごうじとく》では？」と言っていたが、それでも違うと思うから。

確かに、間違いを犯《おか》しているかもしれない。神子ではないのに、神子として振る舞ったというのは問題だ。そして多くの我儘を言って、人を失脚《しっきゃく》させたことも。

でも、だからといって、育った環境《かんきょう》も含《ふく》めて小さな少女に全てを押し付けずにいたいと私は思う。

本物の神子かもしれない少女は、今どこで何をしているのだろうか。ヒックド様と遭遇《そうぐう》したあと、どこへ向かったのだろうか。

――それと、ヒックド様はミッガ王国の国王陛下の命令で、神子かもしれない少女が親しくしていただろう獣人《じゅうじん》を殺してしまったとも言っていた。

国王陛下の命令に逆らう気のなかった、逆らえなかったヒックド様。思うことがあっても動けなかったとも言っていた。そんなヒックド様が私の言葉に動こうとしてくれている。

これからどうなっていくのか分からない。

けれども、私は一人ではない。

味方が少なからずいる。それだけでも私にとっては、勇気になる。

たった一度の人生。これからどうなるか分からないけど、私は私の思う道を進もう。

そんな決意をしていた私の耳に数日後入ってきたのは、――フェアリートロフ王国の国王であるお父様が亡《な》くなったという報《しら》せだった。

◆

「きびきびと動け！」

人間の声がする。俺《おれ》たちに向かって投げかけられる声。俺たちのことを〝人〟とは決して認めない態度。

俺たちは、獣人の村で日常を謳歌《おうか》していた。森の中での生活が俺にとっては楽しかった。だけど、そんな平穏《へいおん》で穏《おだ》やかな日々は、突然《とつぜん》終わってしまった。人間の手によって終わらされてしまった。

人間は俺たちの村を襲《おそ》った。

逆らう仲間が死んだ。殺された。

俺は猫《ねこ》の獣人の中では成人間近の子どもで、目の前で誰《だれ》かが殺されるのを見たことがなかった。だからこそ、ショックだった。

そして残った俺たちは捕《つか》まった。

奴隷、という立場に落とされた。逆らえないように首輪をつけられ、今は肉体労働をさせられている。母さんや姉さんたち、女の獣人たちは別の場所に連れられていってしまった。

どこで、何をされているのだろう。

この環境から逃《のが》れることを、周りの皆《みんな》は期待していないようだ。このまま奴隷として一生を終えるのだとつぶやいていた。

ミッガ王国で奴隷として捕《と》らえられているのは俺たち猫の獣人だけではなかった。他の獣人もいたし、エルフなども少なからずいるようだった。俺たちがまとまって行動をしてよからぬことを企《たくら》まぬようにと、少数で分けられている。

なので、ここに来てから村の仲間にはあまり会えていない。同じ組の奴隷に落とされた獣人たちは、未来に希望を持っていないような目をしている。諦《あきら》めている様子が見て取れる。

そういう俺よりもずっと年上の人を見ると、他の皆がもうこの状況から抜《ぬ》け出せないのではないかと思うのも当然なのかもしれない。

だけど……、俺はこのまま終わりたくないと思う。

このまま、終わらせたくもないとも思う。

この環境から抜け出せる可能性は低いかもしれない、だけど、諦めたらそこで可能性はなくなってしまうと思うから。

奴隷から脱出《だっしゅつ》する。

そして村の皆を助ける。

……そういえば、人間たちが全員を捕まえきれなかったとも言っていたから、村の住人のうち何人かは奴隷に落ちずに済んだのだろう。もしかしたら逃《に》げられた面子《メンツ》の中で、俺たちを助けにこようとする人もいるかもしれない。だけど、そうしないでほしいと思う。

逃げたいという思いは確かだし、助けてくれるなら助けてほしいと思うけれども、少数の獣人で俺たちを連れ出そうとするのは難しい。むしろ助けにきてくれた人も捕まってしまうだろう。逃げたことが無駄《むだ》になってしまうから、本当に助け出せる状況でないのならばこのまま逃げて奴隷に落とされずに、生きてほしいと思う。

それにしても、村にいた頃《ころ》、人間に会ったことがなかった俺は、周りから人間についての話を聞いてもあんまり実感が湧《わ》いてなかった。だけど、人間は確かに周りの大人が言っていたように俺たちのことを人として見ていなくて、奴隷とすることを当然だと考えているのだ。

でも、全ての人間がそうであるとは思えない。だって俺は人間の奴隷だって見た。人間の中には顔に不思議な絵が描《えが》かれている者もいた。

同じ種族を奴隷とする神経が正直分からないが、人間の中でも色々区別がつけられているように見えた。人間は他の種族よりも人数が多かったり、集落が大きかったりするらしいから、それも関係があるのだろうか。人数が多くなればそれだけ、様々な争いが起こるだろうから。

それにしても、この場から逃げ出すためにはどうするべきなのだろうか。この環境から抜け出す方法を考える。

無難な方法は、人間の中でも偉《えら》そうな奴《やつ》——お金とかいうのをたくさん持っているという貴族に気に入られることなのだろう。

ただ、俺たちを奴隷にしたこの国では、人間以外の種族は奴隷にして当然という考え方がはびこっていると、俺よりずっと前から奴隷をしている獣人が言っていた。奴隷から解放されても、見つかればまた奴隷になる、ではどうしようもない。

もし、貴族に気に入られ続けて、お金も稼《かせ》げたら、他の皆も助けられるかもしれない。それか、何かが起こって奴隷から解放され、逃げ出すことが出来るか。後者はよっぽどの出来事が起こらなければ無理だ。

でも、正直俺がその人間の偉い奴に気に入られるぐらいの存在になれるかというと難しい。しかし、俺は諦めない。諦めが悪いことだけが俺の取《と》り柄《え》だって母さんと姉さんに言われるぐらいなんだから。

この環境から抜け出すために、今はひたすら従順な態度を示そう。機会を見つけたら、その機会を逃さないように目を光らせよう。そして、いつかは、この奴隷から抜け出すのだ！　その頃に、どれだけ仲間を助け出せるかも分からないけど、俺は諦めるなんてしたくはないのだから。

そして、このことは誰にも告げない。——なぜなら、どこから人間にばれてしまうのかも分からないから。自分一人で考えて、自分一人で行動する。相談は出来ない。してしまったら俺の願望が二度と叶《かな》わなくなるかもしれない。

実際に、逃げ出そうと行動をしていた者がそのことを悟《さと》られてそのまま姿を消したのも見た。生きていればいいが……もしかしたら殺されてしまっているかもしれない。悟られないように行動しなければ。

俺は、奴隷の生活の場で一人そんな決意をするのだった。

しばらく経っても変わらず、俺の生活に自由はない。奴隷、という立場に自由などあるはずがない。徐々《じょじょ》に周りの、同じ奴隷の者たちが神経をすり減らしていっているのが分かる。それを感じる度《たび》に俺の心も少なからずすり減ってきている。

奴隷たちは、絶望で支配されている。ここから逃れることが出来ない、とそんな風に意識を植え付けられている。時折見せしめのように、奴隷が痛い目に遭《あ》っている。運んでいたものを落としてしまったとか、そんな些細《ささい》なことで鞭《むち》に打たれてしまう者もいる。

俺たちを支配している人間たちは、俺たちのことを獣《けもの》として見ている。人としては決して認識《にんしき》していない。

——俺は、従順な奴隷としてこの場にいる。幸いにも、俺は人間の目から見ても美しい見目をしているらしい。その見た目と従順さから人間に気に入られることが出来た。俺は他の奴隷たちよりもよい扱《あつか》いをされている。

それもあって、他の奴隷たちの中には不満を持っている人も結構いる。

当初はきつい肉体労働をさせられていたのだが今は貴族の家で暮らしている。主な仕事は貴族令《れい》嬢《じょう》の相手だ。

「——ダッシャは本当に、綺麗《きれい》な顔をしているわ」

俺を気に入っているのは、ミッガ王国の貴族。伯爵《はくしゃく》家の娘《むすめ》らしい。

獣人たちの社会では貴族とか階級とかがないから、伯爵家と聞いてもあまりぴんとこない。平民という一般《いっぱん》的な人間たちよりも位は高いというのだけど、一番上ではないらしい。

——正直、うっとりした顔をされて耳や尻尾《しっぽ》を触《さわ》られるのは手を振《ふ》り払《はら》いたくなるほど気持ち悪い。

耳と尻尾は番《つがい》に触らせるものというのは、母さんや姉さんに散々言われていた。大切な人以外に触らせちゃ駄目《だめ》よって。でも、今俺は特に何も感じていない。ただ情報収集をするためだけに、利用している人間の少女に触らせている。

なんだか大切な思い出を穢《けが》されていくような——、大事なものを失っているような感覚になって、目の前の少女に対して罵声《ばせい》を浴びせたくなる。だけど、我慢《がまん》する。

俺が叶えたい願望のために。俺が叶えたい望みのために。

こんなことをしても意味がないのではないか。我慢をしても結局奴隷のままで一生を終えてしまうのではないか。そんな諦めにも似た感情が湧いてこないわけではない。

——だけど、諦めたくないと俺は望んでいるから。いつか自由になることを、心の底から渇望《かつぼう》しているから。

「貴方様《あなたさま》が気に入ってくださり嬉《うれ》しいです」

「ふふ、可愛《かわい》いわ」

そのうっとりしたように見る目は、どこか少し恐ろしく感じる。いつか、俺の貞操《ていそう》が奪《うば》われそうな気もするけれど、まぁ、それは奪われても仕方がないことだと思っている。幸い貴族は貞操概念《がいねん》が高いらしいから、滅多《めった》なことじゃ起こらないだろうが。起こったとしてもこの環境から抜け出すための犠牲《ぎせい》の一つだろう。

この目の前の人間の少女に対して、従順な態度を取り続け気に入られるように心がけている。というのも貴族令嬢の傍《そば》にいた方が情報を収集することが出来るのだ。捕まってしまった村で共に育った獣人たちの情報をなんとか集めたかった。それに母さんたちの情報が集まらなかった場合も、集めた情報はこの奴隷という状況から抜け出すために何かしら役に立つかもしれない。

俺に一瞬《いっしゅん》で奴隷から解放されるような何かがあるのなら別かもしれないが、俺にはそういうものはない。だからこそ地道に情報を集めるところから始めることにした。

この少女や、その親がぽつりぽつりと漏《も》らした情報を俺は頭の中で繋《つな》ぎ合わせていくのだ。

最近、この目の前の少女が教えてくれたのは、隣国《りんごく》の王が亡くなったかもしれないということだった。

この国、ミッガ王国が俺たち獣人を奴隷に落とした理由の一つは、隣国が、神子という特別な存在を手にしたからというのがあるらしい。その神子がいる国は幸せになると言われているらしいが、現状隣国は大変な状況になっているのだという。

目の前の少女は「保護した神子に不当な扱いをしたのではとか、本当は神子ではないのではと、お父様が言ってたわ！」などと自信満々に言っていた。

隣国ではそのこともあって、大変なことになるだろうと言われている。そしてこの俺が捕らえられている国もどうなるか分からないらしい。

俺が従順な態度を取って、少女を好いているという様を見せているからか、目の前の少女は勘違《かんちが》いしている。

「何かあったら私のこと守ってね、ダッシャ」

と、相変わらずのうっとりした目で俺に笑いかけるのだ。

俺が何を考えているか、知らないままに。俺がこの伯爵家の中で聞き耳を立てて情報を繋ぎ合わせていることも気づかないままに。

——俺は周りに何をどう言われようと、どう見られようとも、この立場から逃げ出してみせる。

## 4　少女と、新しい暮らし

神様へのお祈《いの》りをする建物の中にたった一人でいる。中には小さな祭壇《さいだん》も作ってある。建物を作ってもらってからは毎日、お祈りすることが日課になった。

私が神子《みこ》ではなくても、神子であったとしても、お祈りすることは悪いことではないと思うから。

今日も平穏《へいおん》に過ごさせてくれてありがとう、って気持ちを込《こ》めて一日の終わりにお祈りしている。

私に加護を与《あた》えているかもしれない神様、ありがとうって。

子グリフォンたちも、なんだか一緒《いっしょ》にお祈りしてくれている。私の真似《まね》をしているみたい。

あと私は、他の二つの建物でもお祈りしている。精霊《せいれい》へのお祈りをする場所と、グリフォンたちへのお祈りをする場所にも行く。

といっても神様にお祈りするよりも頻度《ひんど》は低いけれど。

精霊へのお祈りをする建物は、以前のエルフの村で作られていたようにいくつもの木の上に重なるように出来ている。外から見ても神秘的だ。だけど、中の方がもっと不思議な雰囲気《ふんいき》を感じる。

中には精霊の絵が壁《かべ》に描《えが》かれていて、こういう凝《こ》ったものが作れるなんてエルフたちは凄《すご》いと思った。

私も同じように絵を描けないかなと思ったけどあんなに上手《うま》くは描けなかった。絵が上手な人は凄い。

そう口にしたら私の絵も描いてくれて、周りに自慢《じまん》したら他の人も描いてほしいと言って、そのエルフさんは絵をいっぱい描くことになったので、ちょっと悪いことしてしまったと思った。本人は自分の絵が求められるのは嬉《うれ》しいって言ってたけど。

グリフォンたちへのお祈りをする部屋にはグリフォンたちの大きな置物がある。これは獣人《じゅうじん》たちの手作りだ。

ちなみに、私が契約《けいやく》しているグリフォンたち全員分の置物を作ってくれたので、レイマーのは、金ぴかだ。レイマーたち、大人のグリフォンはちょっと恥《は》ずかしがっていた。でも子グリフォンたちははしゃいでいた。

精霊へのお祈りをする場所では、精霊たちに早く元気になってね、仲良くしてねってことを祈った。

グリフォンたちへのお祈りをする場所では、これからもよろしくね、私と契約をしてくれてありがとうって祈った。

お祈りする場所は、三つもあるけれど、それぞれ特に決まった呼び名はない。エルフたちは「精霊様へ祈りを捧げる場所」と言っているし、獣人の皆《みんな》は「グリフォン様へのお祈りをする場所」と言っているし、私も「神様にお祈りする場所」と言っている。

それを聞いた時、もっとちゃんとした呼び名を作った方がいいかもしれないと思った。

獣人の村にいた頃《ころ》のように、私は皆のお手伝いをしながら過ごしている。精霊樹《せいれいじゅ》へ魔力《まりょく》を込めることは一つの仕事と言えるかもしれないけれど、私にはそれ以外に決まった仕事はない。

ガイアスは、身体《しんたい》能力も高いし、『神子の騎士《きし》』になったこともあり狩《か》りにとても貢献《こうけん》している。私も一緒に狩りに行ったりもする。でもまだ、私は魔法《まほう》が上手く使えないのもあってちゃんと貢献出来ない。もっと魔法が上手に使えたら、狩りも上手く出来るんだけど。

薬草園では、ゼシヒさんやエルフの村で薬草園を担当していたエルフさんたちのお手伝いをする。洋服を作るのも手伝う。

だけど、皆ほど上手くは出来ない。家づくりも、狩りも、薬草園や洋服を作る手伝いも、どれも中途半端《ちゅうとはんぱ》だ。

これも全て、魔法が上手く使えないのが原因である。せっかく新しく皆で暮らす場所が決まったのに、私は全然役に立てていない。これが私の仕事だって、そう言えるものが私にはないなぁと思うとちょっとだけ悩《なや》んでしまった。

ランさんは、この村でどんなルールが必要かとかドングさんたちと話し合って、それを文章としてまとめて、様々なことを記録として残そうとしている。

だからこの村で紙を作りたいと、ランさんは一生懸命《いっしょうけんめい》ずっと試行錯誤《しこうさくご》している。

今まで必要なことは元いた場所から持ってきた紙に書いていたらしい。まだその残りもあるけど、ここでずっと過ごすなら紙が欲《ほ》しいんだって。

「紙を作ったらやりたいことがあるので、頑張《がんば》りますよ」

そう言うランさんはとても眩《まぶ》しい笑顔《えがお》を浮《う》かべていた。

自分が何をすべきか、何をしたいか。それをランさんはきっちり決めている。そしてそれに向かって一生懸命だ。

私は……何が出来るだろうか。一番何をしたらいいだろうか。

皆それぞれ新しく歩み出しているのに、私は村のために何が出来るんだろうかって考えてもすぐに思いつかない。

最終的な目標は、私たちが過ごしやすい場所を作ること。逃《に》げなくて済むように力をつけること。だからこそ、風の魔法の練習をしたりはしている。けど、中々上手くいかなくてなんだか少しだけもどかしい気持ちになって、焦《あせ》ってしまいそうになる。だからこそ、もっと魔法の練習をしようと決意する。

今、とても穏《おだ》やかで、優《やさ》しい日々を過ごしている。

でも獣人の村ではずっと続いてほしかった日々が、突然《とつぜん》終わった。

エルフの村では魔物という脅威《きょうい》が穏やかな日々の裏にいた。

——脅威というのは突然前触《まえぶ》れもなく訪《おとず》れるものだ。脅威が訪れる前に脅威の芽を摘《つ》んだり、逃げることが出来たらと思うが、それは難しいだろう。

私が神様に毎日お祈りをするようになったのは、その焦りを落ち着かせるためっていうちょっと自分勝手な理由も入っている。毎日、神様に今日の出来事の報告をし、今日も楽しく過ごさせてくれてありがとうって、お祈りをする。その祈りをすることでちょっとだけ心が落ち着く。いっぱい神様に話しかけて、お祈りをして、また頑張ろうって気合いを入れる。

それが最近の私の日常だ。

◆

「レルンダ、じゃあやってみよう」

「うん」

私は、私たちが新たに作った村から少し離《はな》れた森の中にいた。なぜかと言えば、風の魔法を使えるようになりたいと思ったからだ。

自分の手で風の魔法が使えるようになったら、それだけ私の中の可能性が広がるし、皆のためになれると思うから。

これまでのことを踏《ふ》まえて、失敗しないで魔法を使えるようにもなりたかった。

この場にいるのは私と、フレネと、グリフォンのリルハとカミハの夫婦《ふうふ》だ。リルハとカミハの娘《むすめ》であるルミハは村でお留守番している。

最初は私とフレネだけで行こうとしていたのだけど、まだこの周辺にどんな危険があるか分からないからグリフォンたちも来てくれた。

風をイメージする。

あの植物の魔物に向かって魔法を行使した時は、フレネが一緒にやってくれたからあれだけ上手く出来た。でも私一人だけでは、私のイメージするように形作る前に魔力が拡散してしまったり、思ったようにならなかったりと難しい。

どういう風に魔力を形にしたいのか。それを私はちゃんと考えられている。でも、イメージするだけでは形にならない。

魔法、という力の扱《あつか》いは本当に難しいと改めて思った。身体強化の魔法よりも、風の魔法はずっと難しいように感じられた。

「難しい……」

「最初は誰《だれ》だってそうだよ。レルンダは、風と相性《あいしょう》がいいから頑張ったら絶対出来るようになるよ」

「風との相性がいい……」

「うん、というか、レルンダが契約をしているのって風と相性がいい存在ばかりでしょ。そこからも相性がいいのがわかるよ」

「うん」

確かに、言われてみればそうだ。皆、風と相性がよさそう。グリフォンたちもシーフォも空を飛ぶ魔物で、背に乗せてもらうと心地《ここち》よい風を感じられる。

「他の属性の魔法も使えそうだけど、ひとまず風の魔法が出来るように頑張ろうね」

「うん」

私は、フレネの言葉に頷《うなず》く。

とにかく頑張らないと。

私には決まった仕事というものがなくて、皆のためにもっと役に立ちたいのに、現状は私の理想から程遠《ほどとお》くて。

神様にお祈りをして気を紛《まぎ》らわせているのでは駄目《だめ》だ。こんな私でも大好きな皆は焦らなくていいよって笑ってくれる。でもそれに甘《あま》えていたら駄目なんだ。だから、少しずつでもやれることを一つずつ積み上げていこうと思った。

魔法の練習もその一つだ。

私が風の魔法を上手に使えるようになれたら、大好きな皆のことを守れるかもしれない。それは所詮《しょせん》、たられぱの話だけど、いつどんな危険に見舞《みま》われるか分からないから。そのもしもの時に、大好きな人たちを守れる私でありたい。

そして今後は村づくりや狩りなどでも皆の役に立てるようになっていきたい。

——そんな私の願いは、皆にとっても共通の願いだった。だからこそ村の決まりを作っていったり、村として形作っていったりする中で、皆強くなりたいと行動している。ガイアスは変化した自分の身体《からだ》を知るためにとドングさんたちと一緒に狩りによく出かけているし、エルフのシレーバさんたちももっと魔法を使えるように一生懸命練習している。

今よりも力をつけるなんて無理だ、などという諦《あきら》めの気持ちを持っていない。それが凄いと思った。

でもそのことをシレーバさんに言ったら、「レルンダがやりもしないで出来ないなんて言いたくないと言っただろう。我らもそれに共感しただけだ」と言われた。それは確かに、シレーバさんから魔物のことを聞いた時に私が言った言葉だった。

私の言葉で、シレーバさんたちがそう思ってくれていることが嬉しかった。皆が頑張って、目標を叶《かな》えようと必死だから、私も頑張ろうって思えるんだ。

だから、私は魔力を必死に練る。魔力を感じる。温かいものが私の中に確かにある。それを、形作る。

イメージするのは、風の刃《やいば》だ。それを目の前にある木を切り倒《たお》すことを目標に行使する。でも、上手くいかなかった。

それを何度も何度も繰《く》り返《かえ》す。

中々上手くいかない。風の刃として上手く体現出来たとしても、途中《とちゅう》で消えてしまったり、木を切り倒せるほどの威力《いりょく》ではなかったりした。

だけど、繰り返していく中で、少しずつだけどなんだか上手くいっている感じがする。僅《わず》かだけでも確かに私は進んでいる。それが実感出来ると嬉しくなる。

「レルンダ、ちょっとずつ上手くなってるね」

「嬉しい」

フレネの言葉に嬉しくなって笑《え》みが零《こぼ》れる。

だけど、少しだけ上手くなったというだけで喜んではいられないと私は気合いを入れた。

「もうそろそろ休憩《きゅうけい》する？」

「ううん、もっとやる」

随分《ずいぶん》長い時間、木の伐採《ばっさい》をするための魔法の練習をしていたからか、フレネが休憩を促《うなが》してきた。

でも私はもっと頑張りたいと思った。

もちろん、無理はしないつもりだ。

「フレネ、私頑張る。けど、私が倒れそうとかなら……ちゃんと止めてね」

「ええ。もちろん。私もレルンダに倒れてほしくないもの」

私の言葉にフレネは笑ってくれた。フレネが見ていてくれるから、私は無理も出来るのだ。


それから毎日私はフレネに見守られながら魔法の練習を続けていった。

「はぁ……はぁ」

何度も何度も魔法を使っていると、息切れする。もっと魔力があったら別かもしれないけれど、私はまだ子どもなのでそんなに多くの魔力を持ち合わせていない。

それが悔《くや》しい。はやく大人になって、皆の役に立ちたい。ううん、焦っても仕方がない。

息を整えて、心を落ち着かせる。

「これが、最後――」

私は魔力の限界を感じて、そう口にする。

集中して魔力を練る。そして一つの魔法を生み出した。

その魔法は上手く体現できた。風の刃がスピードを上げながら木にぶつかり、幹を綺麗《きれい》に切断した。

「……出来たっ」

ようやく風の刃が想像通りに形になった。私は安心して座《すわ》り込《こ》んでしまうのだった。

それからは自在に風の刃の魔法が使えるようになったということで、私は伐採などで活躍《かつやく》が出来るようになった。

「短期間で出来るようになるなんて、凄いな」

ドングさんはそう言って褒《ほ》めてくれた。

「流石《さすが》、レルンダですわ」

ランさんはにこにこと笑ってくれた。

「助かるよ、レルンダ」

朗《ほが》らかな笑みを浮かべておばば様が頭を撫《な》でてくれた。

「精霊様の補助があるとはいえ、はやい成長だ」

シレーバさんは成長がはやいと、満足気にしていた。

「凄いな、レルンダは」

ロマさんは魔法が上手になったことに、キラキラした目をしていた。

自分の頑張りを認めてくれることが嬉しかった。私が皆の役に立てることが嬉しかった。

村づくりは順調に進んでいる。住居は徐々《じょじょ》に出来上がってきて、畑の作物も問題なく育っている。

十分に食べ物を入手出来る環境《かんきょう》というのもあって、皆、ここで暮らしていける目途《めど》が立ったと喜んでいた。私も嬉しい。

「レルンダ、よかったな」

「うん！　出来ることが増えて、よかった。皆の役に立てるの、嬉しい」

ガイアスの言葉に私は笑った。ガイアスも笑ってくれる。

中々役に立つことが出来ないって落ち込んでいたけれど、ようやく私も役に立てるようになってきたんだ。

そう思うと嬉しくて、もっと皆のために役に立てるように頑張ろうと思った。

出来ることが増えることも、皆にありがとうと言われることも私は嬉しい。

「ガイアス、私、もっと頑張る！」

「ああ。俺《おれ》も負けない。俺だって、もっと頑張る」

「うん。二人で頑張ろう。私も、ガイアスも頑張れば、もっと素敵《すてき》なことになるって思うもん」

まだまだ皆ほど村のためには動けない。私もガイアスも子どもだから。けど、頑張って、もっと出来ることを増やしていけばきっと素敵な結果に繋《つな》がると私は信じている。

# 幕間　国の混乱／王女の覚悟

フェアリートロフ王国。

長い歴史を持つその王国は今、混乱に満ちている。

王が、崩御《ほうぎょ》した。

なんの前触《まえぶ》れもなく、崩御した。

――それに伴《ともな》い、王国内では王位継承《けいしょう》を巡《めぐ》ってのいざこざが起こっている。

フェアリートロフ王国には、三人の王子と、五人の王女がいる。第五王女であるニーナエフ・フェアリーよりも上の四人の姫《ひめ》たちは、既《すで》に嫁《とつ》いでいる。

正妃《せいひ》の息子《むすこ》である第一王子を王太子とし、第二王子は何かあった時のための王位継承権二位、第三王子を王位継承権三位、そしてまだ嫁いでいないニーナエフ・フェアリーがかろうじて王位継承権四位を持っている。

さて、王太子と第二王子は同じ母を持つ。第三王子は高位貴族の母を持つ。そして国内に嫁いだ王女の嫁ぎ先は有力貴族である。

決定権を持つ王は亡《な》くなった。

その先に何が待っているのか、王国民は不安だった。

そんな中、第三王子が「保護していた神子《みこ》は偽物《にせもの》だ」と告発した。父親である王が亡くなったのは、偽物の神子を保護していたせいだと。

神子という尊き存在を保護したというのにこの国に悪いことばかり起こっているのは、保護している神子が偽物であるからだと。

王は偽物と知りながら、神殿《しんでん》と癒着《ゆちゃく》して神子という存在がこの国にいると示したのだと。

そして神子ではない普通《ふつう》の子どもを、神子として保護したのだと。神子と偽《いつわ》って国民に発表したと。

そう、第三王子は主張した。

——神に愛された子。

神が見守っている子。

それが、神子とされている。そんな神子を騙《かた》ったのだ。

神子の両親は贅沢欲《ぜいたくほ》しさに娘《むすめ》を神子とした。少女が神子ではないからこそ、神子の母親が体調不良に倒《たお》れている。

それは、神の怒《いか》りに他ならない、と、第三王子は言った。

第三王子は、大神殿の中でも神子として引き取られた少女が本物ではないと怪《あや》しんでいた下《した》っ端《ぱ》の神官たちを味方につけた。そして、〝神子〟とされていた美しい少女を偽物として捕《と》らえたと高らかに言った。

そしてフェアリートロフ王国の正妃、その息子である王太子、第二王子は神殿と王の企《たくら》みを知りながらも自分たちの私利私欲のためにそのことを黙認《もくにん》していた。

神の子である神子を騙ったために、王は亡くなった。

つまり、偽りの神子を掲《かか》げたことに神は怒りをあらわにしている。その結果が、今の国の現状なのだと。そう、第三王子は口にする。

そして言うのだ。

「私はこの現状をよしとせず立ち上がった。神の怒りを買っている兄上たちに王になる資格はない。私がこの国の王になる。私は、こうして偽りの神子を断罪するために動いた。だからこそ神の怒りを買っていない。なので、王になる」と。

その言葉に、王太子と第二王子、正妃、そして国内の貴族たち、大神殿の者たちは反発を示す。

王太子と第二王子は、そのような真似《まね》を父親である国王がしていたとは知らなかった。

もし、本当に王が亡くなったのが天罰《てんばつ》とされるものだったとして王太子と第二王子、正妃がそれを知っていたというのならば同じく天罰が下らなければおかしい。だから第三王子は虚言《きょげん》を吐《は》いている、と王太子らは主張した。

大神殿の者たちは、何を勝手にそのようなことを言うのだと怒りを見せる。私たちの神子様を返せと、そう口にして第三王子と戦う姿勢である。

――大神殿の上層部の者たちは、不思議と沈黙《ちんもく》を保っている。信心深い信者たちは、神に近い位置にいる大神殿の上層部の方々には何か深い考えがあるのだと信じ切っているという。

さて、王族たちは我こそが王になると声をあげた。加えて、王女が降嫁《こうか》している有力貴族たちも、自分たちが王位に相応《ふさわ》しいと動き出す。

第一王子と第二王子という正妃の息子である王位に最も近い派閥《はばつ》。ただしこれも一枚岩ではなく、第一王子派と第二王子派に分かれている。

そして王太子たちは偽物の神子をでっち上げたと口にし、自分こそが王位に相応しいと口にする第三王子の派閥。

最後に王女が降嫁した有力貴族たちの派閥。彼《かれ》らは自分が王になると声をあげ始めている。

王位継承権による混乱だけではなく、神殿内では神子が捕らえられたと大混乱に陥《おちい》っている。

国内は大荒《おおあ》れである。

王がなぜ亡くなったのか、神子は本当に偽物なのか、これからこの国はどうなるのだろうか。国民は不安を抱《いだ》いていた。

ただ、国民は神子が偽物だからこそ国内が不安定になっているというのを今の状況《じょうきょう》から信《しん》じ込《こ》んでしまった。そのため、第三王子を支持している国民は多くいた。

そして、神子として引き取られた少女に対して、神の子の名を偽った者を処刑《しょけい》すべきだと声をあげている。その少女が国内に現れた時、国民は神子と呼ぶのに相応しい美しい少女だと歓喜《かんき》し、この国はこれから幸せな道を歩むと疑っていなかったというのに。その存在を受け入れ、崇《あが》めていたというのに。

――その少女が、神子ではないかもしれない。

そう言われれば、その少女は罪深いと、あの少女のせいで神の怒りを買うことになったのだと口にする。あの神子を騙った少女さえいなければいいのだと。――全てを、たった一人の少女に押《お》し付けようとしていた。

さて、そんな状況の中で第五王女であるニーナエフ・フェアリーは、自分が後悔《こうかい》しないように動き始めた。

◆

お父様が亡くなった。

そして、国内では内乱が起こっている。まだ直接的な争いは起こっていないものの、起こるのも時間の問題であろう。――そして、神子として大神殿に保護されていたアリス様は投獄《とうごく》されているそうだ。

ヴェネ商会の者が私にもたらしてくれた多くの情報を前に、私は混乱しかけていた。

私の兄の一人である第三王子が、アリス様を投獄し、偽物の神子を立てたためにお父様が死んだなどと言っている。

——しかし、ヴェネ商会によると、恐《おそ》らくお父様は第三王子たちに殺害されたのだと言う。

神子が偽物であるという保証はないだろうに、そうであると言い切って王になろうとしているのだ。

王太子と第二王子側に関してはそれを否定している。

当然のことだ。全く、アリス様が偽物である可能性など考えていなかっただろうから。私がアリス様は偽物かもしれない、ということを伝えていたら何か変わっていただろうか。お父様が殺されることもなかっただろうか。

——そんなことを考えてしまう。

考えがまとまらない私の目の前には、ヴェネ商会の者がいる。こんな時に訪ねてくるとは思わなかったので、驚《おどろ》いた。

その者は、私に向かってただ問いかけた。

「王女殿下《でんか》。どうなさいますか」

「——……どう、とは」

「王女殿下には、いくつかの選択肢《せんたくし》があります。一つ目は、今王位継承争いをしているどこかの派閥に属する道。この場合は、その派閥が王位継承争いに負ければ処刑される可能性が高いでしょう」

その者は、淡々《たんたん》としている。

お父様が亡くなってしまったショックで、考えがまとまらない私は、その言葉をただ聞いている。

私にはいくつか選択肢があると、その選択肢を私に向かって告げてくる。

「二つ目はこのまま逃亡《とうぼう》する道。要するに亡命ですね。このまま国内にいればあなたはいずれにせよ争いに巻《ま》き込《こ》まれるでしょう。もし亡命を希望し、そのまま平民としてつつましく生きたいと言うのならば私共で橋渡《はしわた》しをすることは出来ます」

亡命し、平民として生きる道もあると、その者は告げる。

「三つ目は亡命して、他国と結びつきを強めてこのフェアリートロフ王国に影響《えいきょう》を与《あた》えるというのもありますね。その場合はその他国の傀儡《かいらい》になる可能性もありますが」

亡命して、傀儡になる可能性もあると。

「最後に——貴方様《あなたさま》自身が、王位を狙《ねら》う道」

それは、私が考えたこともなかったような道だった。王位継承争いによって、国が荒れる中で、私自身も王になると声をあげる道があるのだと。

「王女殿下の望みを叶《かな》えるためには、王になる道が一番いいかもしれません」

王になる。

王位継承権の低い、王女の私が。

「もちろん、王を目指したところで貴方が王になれるかどうかは分かりません。けれども権力を持たなければ、この国のために動きたいという貴方の願いや、処刑されそうなあの少女を助けることは叶わないでしょう」

声が響《ひび》く。

ただその言葉を私は聞いている。

「――王位継承争いをしているのは、権力を欲《ほっ》しているだけの者ばかりです。でも貴方は、王になりたいなどと今の今まで考えたことがないような王女殿下です。国が荒れた時に国民のために動きたい、まだ幼い少女に責任を押し付けるのは間違《まちが》っている、そんな思いを第一に考えている。そのような王女殿下だからこそ、私たちは期待しているのですよ」

お兄様たちとは、そんなに会話をしたことがない。だって私は側妃の娘で、王位継承権が低く、お兄様たちの母親は皆《みんな》地位が高かった。

――だけど、お兄様たちがどのように生きてきたか、とかは少なからず知っている。

ヴェネ商会から聞いているお兄様たちや貴族たちの様子を聞く限り、王位継承権というものを第一と考えていて、それ以外のことを頭に留《とど》めていないように思える。

恐らく、神子という存在が本物だろうと偽物だろうとどちらでもよいのではないだろうか。お父様は神子を恐れていた。その存在を怒《おこ》らせることがないようにと常に気を張っていた。

でも恐らくお兄様たちはそこまで神子という存在に対する恐れがないように思える。というか、神子という存在への恐れがあるのならば、いくら偽物かもしれないとはいえ、神子とされている少女を投獄するなど出来ないだろう。

そもそも、本当にお父様を殺害したのが第三王子であるならば、自身で殺しておきながら、〝偽神子を立てたから〟という理由をつけるなんて真似をしているだけでも神子や神の怒りを買いかねない行為《こうい》だ。

——もう、我《わ》が国《くに》は神子の怒りを買っているかもしれないけれど。

「私は——」

私は、どのように動くべきだろうか。私はどんな風に生きるのが正しいのだろうか。それは分からない。だけど、私はヒックド様に言ったのだ。動かなければどうしようもないと。動かなければどうなるかなんて誰《だれ》にも分からないと。流されるままに大変な目に遭《あ》うよりも、自分の意思で動いて大変なことになる方がずっといいと。

そう言った私が、悩《なや》んで、動かないなんてことをしてはいけないと思った。

だから、私は覚悟を決めた。

## 5　少女と、とある出会い

風の刃《やいば》を上手《うま》く形に出来るようになってから、しばらくしてのことだ。私はフレネと共にまた魔《ま》法《ほう》の練習をしていた。

「レルンダ、もっと上手になったらレルンダが言っていた空を飛ぶ魔法も使えるようになるよ」

「うん」

今回やってみようと思っているのは、空を飛ぶ魔法だ。風の魔法を上手く使えば、空を飛ぶことが出来る。

空を飛んでみたい。

いつもはグリフォンたちやシーフォの背の上から空からの景色を見ているけれど、自分で空を飛べたら素敵《すてき》だと思うから。自分の力で空を飛んで、大好きな家族たちと一緒《いっしょ》に散歩出来たら、なんて素敵で、楽しいのだろうって、想像するだけでもわくわくする。

私は人間で、レイマーたちはグリフォンで、シーフォはスカイホースで、フレネは風の精霊《せいれい》で。皆《みんな》種族は違《ちが》うけれど、私にとって家族と認識《にんしき》している存在たちだ。家族と一緒の方が嬉《うれ》しい。私も空を飛べるようになりたい。

そんな願望が強くて、私はより一層風の魔法の練習にのめり込《こ》んでいた。

魔力を練る。

魔法の形をイメージする。

魔力を放出して、魔法として形作る。

それを私は繰《く》り返《かえ》す。

魔力を放出すると、何かが抜《ぬ》けていった感覚と疲労《ひろう》感が身体《からだ》に残る。フレネが、人によって差があるけれども魔力は増えていくものだと教えてくれた。人間の中には魔力を持たない者も多くいるが、私の魔力は多い方なんだって。

途中《とちゅう》途中で休憩《きゅうけい》をする。

リルハの身体にもたれかかって空を見上げる。地面に座《すわ》り込《こ》んで、空気を吸うとなんだか気持ちがいい。土の匂《にお》いがする。こうして大好きな皆と一緒にのんびり出来る時間が私は好きだ。

大切にしたい、ずっと過ごしていきたいこういう瞬間《しゅんかん》を守るために私はもっと強くなりたい。

今の、日常が大好きだから。

今の、日常が大切だから。

何気ない日常が心の底から愛《いと》おしくて、この日常を過ごせることが嬉しい。

生まれ育った村では、こんな感情を持ったことがなかった。私はこんなに嬉しくて、楽しい日常があることを知らなかった。

だからこそ、いざ知ってみると、その日常が大切だって実感が出来る。もし、私が――、全てを与《あた》えられていたのならば日常が大切だってことさえも気づけなかったかもしれない。

「気持ちいい……」

「ぐるぐる（そうね）」

私の言葉にリルハが同意する。

皆を、守りたい。失わない場所を、作りたい。この大好きな日常を、ずっと刻んでいきたい。

その気持ちが強くあるから、どれだけ失敗しても私は頑張《がんば》ろうって思う。

「リルハ、カミハ、フレネ……大好き」

「ぐるぐるう（私たちも）」

「ぐる（ああ）」

「私も、レルンダのこと好き」

私の大好きに、三人ともそう答えてくれる。

私はそんな言葉に笑って、また魔法の練習をしようと立ち上がった。

◆

何度も、何度も、何時間も繰り返す。

繰り返して、私は少しだけ進歩した。

「……浮《う》いた」

私の足は少しだけ地面から離《はな》れて、浮いている。まだ飛ぶことは出来ていなくて浮いているだけだけど。でもちょっとした進歩だと思う。

「やったね、レルンダ」

「このまま、もっと、浮かせる」

フレネの言葉を聞きながら、私はもっと自分の身体を浮かせようと思った。

「ぐるぐるぐるるう（落ちたらどうするんだ？）」

「ぐるぐる！（私たちが受け止めればいい！）」

慌《あわ》てるカミハに、リルハがとても心強い言葉を言ってくれた。

もし失敗して落ちそうになったとしても、皆がいるから大丈夫《だいじょうぶ》。そう思えるからこそ、私は不安なんて感じていなかった。

私の身体を浮かしている魔力。それをもっと上手く操《あやつ》ろうと意識を集中させる。

上へ、上へ。

私自身を上昇《じょうしょう》させることをイメージする。誰《だれ》かの力ではなく、自分の力でこうして空の上に浮くことが出来るのがなんだか嬉しい。

私に出来ることが少しずつ、増えていっているのだと思うと心が躍《おど》る。

「わぁ」

高いところまで浮いて、下を見る。木々が広がっている。住んでいる村へと視線を向ければ、私たちが作っている村が見える。

上から見ると、いつも見ている村でも違ったものに見える。まだ小さな精霊樹《せいれいじゅ》は淡《あわ》く光っていて、とても幻想的《げんそう》だ。もっと大きくなったら、空から見たら凄《すご》い光景になるだろうなと思って楽しみが増えた。

空の上で移動出来ないかなと思ったけれど、まだそこまでは出来なかった。もっと自由自在に空を移動出来るようになれたらきっと気持ちいいだろう。そんな風になりたいな。

「あれ?」

私は、空の上から森を見下ろす。ちょっと離れた位置に、何人かの人の集団がいた。

——でも、私たちの村の人ではないように見える。そう感じた時、怖《こわ》くなった。また、私たちにとっての脅威《きょうい》になる人たちがやってきたのかと。ようやく新しい場所で生活が出来るようになって、幸せな気分を感じているのに。

だけど。

「襲《おそ》われ、てる?」

その集団は、恐《おそ》らく魔物だろうか、獣《けもの》の姿をした存在に襲われていた。よく見ると猪《いのしし》のようだ。丸々とした巨体《きょたい》が、人を襲っていた。襲われている集団は、逃《に》げ惑《まど》っているように見えた。

もしかしたらあの人たちは、私の家族を、私の大切な仲間たちを傷つける存在なのかもしれない。

だけど、そうだったとしても――、

「リルハ、カミハ、フレネ、助けよう」

放っておけない。

死ぬってことは、私たちがアトスさんを失ったようにもう会えなくなるってこと。死んでしまったらもう笑うことも怒《おこ》ることも何も出来なくなる。未来が何もなくなってしまう。とっても悲しいことだから。

そう思うと、もし私たちを傷つける存在かもしれない可能性があったとしても私は放ってなどおけないと思った。

助けられる命は、助けたい。

世の中、いい人ばかりではないと分かっている。いい人ばかりだったら、アトスさんが死ぬことはなかった。私たちが住む場所を追われることもなかった。

――悲しい事実があった。

だからこそ、いい人ばかりではないことは分かっている。だけど、私はやっぱり襲われている人がいたら放っておけないんだ。まだ浮くことしか出来ない私は、カミハの上に乗って、連れて行ってもらう。

襲われている人たちは、なんだか見たことのないような変わった服装をしていた。顔になんか傷みたいなのがあって近づいてびっくりした。

それよりも、まずは襲いかかろうとしている猪のような魔物をどうにかしなければならない。彼《かれ》らは突然《とつぜん》空から現れた私たちに腰《こし》を抜かしていた。

私は、魔物に襲われている人たちを守るためにこちらにやってきたけど、襲われている人たちからすれば私たちの方が恐ろしいのかもしれない。私にとっては、グリフォンたちは大切な家族だけれども他の人たちからしてみれば恐ろしい魔物でしかないのだろう。

そう思うと、少し悲しい気持ちになった。でもそれは仕方がないことなのだ。

猪の魔物はその人たちに向かって、突進《とっしん》していこうとしていた。その魔物に対処しなければと私が動くよりも先に、カミハが魔物に向かっていって、進路を変えさせた。これで魔物に突撃《とつげき》される危険性が減った。

私はカミハの上に乗っている。腰を抜かしている人たちに視線を向けながらも、意識は魔物からそらさない。

気を抜けば、大変な目に遭《あ》うかもしれない。そう考えると、魔物が本当に脅威でなくなるまでは油断なんて出来ない。

進路を変えさせた魔物は、すぐに起き上がってまたこちらに突進してきた。同じ手を使って進路を変えさせることは難しいかもしれない。どうしようかと考えているとフレネが言った。

「レルンダ、私が魔法を使うわ。少し時間を稼《かせ》いで」

そう言われて、私は頷《うなず》く。それから何度かグリフォンたちと一緒に魔物をはじいたりした。とはいえ、倒れてもまだ猪の魔物は生きている。

何度か繰り返し、最後にはフレネが風の魔法で倒《たお》れた魔物の息の根を止めた。

この猪の魔物は、村に持ち帰ろう。猪の魔物のお肉はおいしいし、皆もきっと喜んでくれるだろう。

私は、腰を抜かしている人たちに視線を向ける。人数は五人。服の所々に土がついているのは、魔物から逃げている間についたのだろうか。私はカミハの背に乗ったままだから見下ろした形になってしまっている。そう気づいて私はカルハの上から降りた。

まじまじと見る。

襲われていたのは私と同じ人間だった。ただ私と違うのは、顔に黒い模様が描《えが》かれていることだ。最初は傷かと思ったけれど違うみたい。顔に絵を描いているのか、それとも刺青《いれずみ》を彫《ほ》っているのか、そのあたりは分からないけれど、不思議だ。顔に何かを描いている人は初めて見た。独特の考え方をする民族か何かだろうか。

身体つきは細くて、もしかしたらしばらく食事を満足に食べられてないのかもしれない。そう思うと心配になった。

私が助けた五人は揃《そろ》いも揃って、顔色が悪い。そのうちの子どもなんて今にも倒れてしまいそうだった。

そんな様子は、居場所を失った私たちに重なった。私たちは運よく、食べ物が見つかって生きていけたけれど、一歩間違えれば彼らのような状況《じょうきょう》になっていたかもしれないのだ。

それを思うと余計に放っておけない気持ちになった。

「ねぇ……」

私は彼らに近づいた。彼らは私に対して反応を示さない。私のことを、恐れたように見ている。人はよく分からない存在のことを恐れるものだと思う。彼らは、私のことがよく分からなくて怖いのだろう。

だから私は笑顔《えがお》を見せた。

「私、レルンダ。そちら、は?」

「――わ、私たちは」

「待てっ、この娘《むすめ》は怪《あや》しい‼　魔物を引き連れているなんてっ。ミッガ王国の連中かもしれない!」

一人のおじさんが叫んだ。

魔物を引き連れている私は怪しいそうだ。でもそうか、獣人《じゅうじん》たちはグリフォンたちが神様だったからすぐに受け入れてくれたけれどエルフたちも最初は警戒《けいかい》していた。

この人たちが警戒するのも仕方がないのかもしれない。

それにしてもミッガ王国? この人たちも、ミッガ王国と関わりがあるのだろうか。

ミッガ王国は、私が住んでいた国の隣《となり》にあった国。フェアリートロフ王国が神子《みこ》という存在を手

にしたから隣国《りんごく》のミッガ王国は獣人の村を襲って奴隷《どれい》にした。それは知っている。それで、ニルシさんの村の人たちは奴隷になって、アトスさんは死んだ。

そして私たちは逃げた。

逃げたあと、ミッガ王国とは関わることがなかった。私が住んでいたフェアリートロフ王国とも関わることがなかった。追手がくるかもしれないとは思っていたけれど、こういう形でミッガ王国の名を聞くことになるとは思わなかった。

――この人たちは、どうしてミッガ王国から離れた森の奥《おく》にいるのだろうか。

「私……ミッガ王国、違う。この近くの村に住んでる」

「この近くに村だと？　未開の地とされている森の奥深くに……？」

私はミッガ王国の人間ではない。私は皆と一緒に住んでいる村の住民。そういえば、村の名前を考えた方がいい気がする。こういう時に説明がしにくい。驚《おどろ》いた顔をしているこの人たちにどんな風に言えば、警戒心をといてもらえるだろうか。

考えながら、私は少しずつ言葉を発する。

「私たち、逃げて森の奥に来た」

なんて説明すればいいか分からない。だけど、敵ではないのだと伝えてあげたいと思った。

「――そして、この近くに村を作ってる。ミッガ王国とは違う。私たちがここまで来たのは、ミッガ王国のせい。多分、それは貴方《あなた》たちと一緒」

ミッガ王国とは違うこと、ミッガ王国のせいでこんなところまで来ていること、そして恐らく同じような立場ではないかということを告げる。

そうすると、その五人は、こそこそと会話を始める。

小さな声でどんな会話をしているのかは聞こえなかった。この人たちが安心してくれたらいいなぁと私はただ黙《だま》ってその場で彼らの話し合いが終わるのを待った。

先ほど、私のことを一番警戒していたおじさんがしばらくして口を開いた。

「……わしらは、長旅で疲弊《ひへい》している。村が本当にあるというのならば、休ませてもらえないだろうか」

私はその言葉に悩《なや》んでしまう。勝手に連れて行っていいものかと。だけど、目の前の人たちを見ていると放っておけなくて、ゆっくり休んでほしいと思った。

私たちと同じように大変な目に遭っている人間たちなら皆受け入れてくれるだろう。そう思って結局その言葉に私は頷いた。

私は助けた人たちを村へ連れて行こうと思っていた。だけど、村にはまだたどり着いていない。

というのも、村へ向かう途中に狩《か》りから村へ戻《もど》ろうとしていたガイアスやオーシャシオさんたちと鉢《はち》合わせしたのだ。

「レルンダ……？　一緒にいるそいつらは誰だ？」

オーシャシオさんがそう言って私のことを見た。

私はオーシャシオさんに彼らと出会った経緯《けいい》と、彼らが大変そうだということを伝えた。

その間、突然現れた獣人たちに彼らは驚き、警戒した様子を見せた。私が大事な仲間だと言ってもこそこそ話していた。獣人という存在は彼らにとっては警戒する対象のようだ。

言葉が通じるのに悲しいなと思ってしまうが、仕方がないことなのかもしれない。

「レルンダ、ちょっとこっちに」

オーシャシオさんはそう言って、皆から少し離れた位置に私を呼んだ。

「レルンダ、誰かを連れてくる時はこちらに相談してからにしてくれ」

私は人助けをしたことで、そんな風に言われるとは思わなかったからオーシャシオさんの言葉に少し驚いた。

「……レルンダ、作ったばかりの村に何を考えているのか分からない存在を引き込むのが危険なことだというのは分かるか？」

「……でも、困ってた」

私が助けた人たちは人間だった。人間と獣人はよい関係であるとは言えない。だけど、困っている時はお互《たが》い様なのではないかと思った。魔物に襲われて、弱り切っていた彼らをそのまま放っておけなかった。

これだけ何もする気力がないほどに、明日が見えないほどになっている人たちをそのままにしておきたくなかった。

それに、獣人の皆と同じようにミッガ王国のせいで住んでいた場所を追われたって聞くと、余計に放っておけないと思ってしまった。

「困ってる人を助けたいというのは、レルンダのいいところだ。レルンダのそういう優《やさ》しいところが俺《おれ》たちは好きだ。だけど、優しいだけではどうしようもないことがある」

「……うん」

「世の中よい存在だけではない。そういう存在だけだったのならば、アトスは死ななかったし、俺たちは村を追われなかったし、シレーバの仲間たちだって魔物の生贄《いけにえ》にならなかっただろう。――この世界は決してそこまで甘《あま》くはない」

「……うん」

世の中は、よい存在だけで溢《あふ》れているわけではない。そうではないからこそ、アトスさんは亡《な》くなった。そのことを私は理解しているつもりだった。でもそうだ。いくら襲われていて、命の危機に瀕《ひん》していた人でも、助けたあとに敵に回ることがあるのだ。

その事実をオーシャシオさんに指摘《してき》されて初めて気づいた。

「レルンダが助けたいって思うのはいい感情だ。でも、それで村に連れてきて大変な目に遭う可能性だってあるんだ。――レルンダ、きついかもしれないが、はっきり言うぞ」

「うん、お願いします」

オーシャシオさんは、怒っているわけではない。私のために叱《しか》ってくれているんだ。それが分かるから、怖くない。私はその意見をちゃんと聞こうと思う。耳を傾《かたむ》けて、叱られるようなことをしないようにしたいと思う。

オーシャシオさんと真《ま》っ直《す》ぐに視線を合わせて、オーシャシオさんの言葉を待つ。

「レルンダは甘い。レルンダは神子かもしれない、っていう特別な存在だ。それもあって今までこんなことを考えなくても生きてこられたのかもしれない。だけど、俺たちが安心出来る場所を作りたいって夢を本当に、叶えたいなら――そのままでは駄目《だめ》だ。流されるだけの人生ならそこまで考えなくてもいいかもしれない。だけど、その夢を自分の手で叶えたいと望むのなら、その甘さは駄目だ」

私は甘いと、オーシャシオさんは言う。

「助けたいっていう気持ちを否定したいわけではない。その気持ちはいいものだ。だけど、助けたあとのことをもっとレルンダには考えてほしいと思う。もし、先ほどの連中が悪い存在だったらせっかく作った村が崩壊《ほうかい》する可能性だってあるんだ」

「崩壊……?」

「ああ。あの連中がこちらのことをどう思っているか、何を考えて村に来たいと言っているのかも分からない。あの連中が言っていることが事実かも分からない。もしかしたらレルンダのことを騙《だま》して、村に入ろうとしている可能性だってあるだろう? 人の言っている言葉は全て事実であるとは限らない。その裏にどれだけの本心を隠《かく》しているかも分からない。あの連中が俺たちを殺そうとしているとか、資源を奪《うば》おうとしているとか、そんなことを考えている可能性だってないわけではないだろう?」

「……うん」

私は襲われている人を助けた。そして困っているからって村に入れようとした。助けたいって思った。でも、それで私が本当に大切にしたいものが失われる可能性だってあるんだ。

私はそこまで考えていなかった。そこまで頭が回ってなかった。

——もし、私があの人たちを受け入れた先で、皆が亡くなったら怖いと思う。一人ぼっちになってしまったらと考えると悲しい。

私はまだまだ考えが足りない。

「——これから俺たちの目標を叶えるためには、全てを救うなんて無理だ」

「……うん」

全ては救えない、とはっきりとオーシャシオさんは言う。

「誰かを切り捨てて、誰かを救う。そういう選択《せんたく》をしなければならないことが多くあるだろう。今回だって、村のことを考えればあの連中を村に連れて行かないという、切り捨てる選択をしなければならないということだ」

「うん……」

「やってみなければ分からないのは事実で、あの連中を受け入れた結果、村でいいことが起こるかもしれない。でも――その前にあらゆる可能性を考えた方がいい」

「うん」

やってみなければ分からない。だけど、その前にもしかしたらっていう可能性を考えなければならない。難しい話だ。

「とはいえ、そのままあの連中を放っておくというわけではない。あの連中のことをどうするかは、きちんと村で話し合ってから決める」

「うん」

「だからレルンダ、まず、村の者以外の人を見つけた場合はこちらに先に話を通してから決めてくれ。頼《たの》む」

「うん……考えなしで、ごめんなさい」

「分かってくれたらいいんだ。じゃあ、あちらに行くか」

「うん」

オーシャシオさんの言葉に私は頷いて、あの逃げていた人たちのいる方へと戻るのだった。

◆

あの人たちをどうするか、というのはまだ決められていない。一度私たちだけで村に帰って、説明をし、様子を見るために何人かの獣人と共に彼らの元へ戻った。

私が助けた人たちは萎縮《いしゅく》している。私は人間だけど、私が住む村の住人が獣人だというのにも驚いた様子だった。

その場にいる皆が色んなことを聞いている。ミッガ王国に住む場所を追われて、その結果森に逃げ込んだのだという。そして仲間たちといる時に魔物に襲われてバラバラに逃げてしまったそうだ。

オーシャシオさんは、ミッガ王国は獣人や他の種族だけではなく、同じ人間のことも奴隷にしているると私に説明してくれた。

だから、この人たちは恐らくその影響《えいきょう》で住んでいた場所を追われたのだろうって。獣人たちがそういう目に遭ってきていたのは、私もこの目で見て、アトスさんの死もあって実感していたことだった。でも同じ人間のことも奴隷にしているという事実は、この人たちに遭遇《そうぐう》して初めて実感した。

どうしてそんな風に誰かを奴隷に落とすことが出来るのだろうか。

この人たちがそんな大変な目に遭っているのなら助けたい、って気持ちが湧《わ》いてくる。

でも、簡単に村に引き入れてはいけないっていうのは叱られて理解している。

「――人間の中にいい奴《やつ》と悪い奴がいるように、俺たち獣人やこうして追われた連中の中にもいい奴と悪い奴がいるかもしれない。人が少ないうちは大丈夫かもしれない。でも人が増えれば増えるほど、そんな悪い奴かもしれない人間も増えることになる」

私が助けたいなって気持ちになっているのが分かったのだろう。オーシャシオさんが、隣にいる私にだけ聞こえるような声で、そう言っていた。

「俺たちはまだ人数が少ないからこそ回っている。もし……俺たちの村がもう少し整っていたならば他の人を引き入れられるかもしれない。だけど、今は駄目だ」

「うん……」

「俺たちの中にももしかしたら悪い奴が出てくるかもしれないしな」

「悪くなる……?」

「ああ。いい奴が、何かに影響されて悪い奴になることだって十分ある。いい人間がいいままとは限らない。——俺だって何かしらの影響を受けて、悪い側に回るかもしれない」

「……想像、出来ない」

「そうかもしれない。でも、そういう可能性もあることをレルンダは頭に留《とど》めておいた方がいい」

私の目の前で、助けた人たちが縋《すが》るようにこちらを見ている。周りが村に入れない、という選択をしていることに対して、私に助けてほしいと投げかけている。

そういう目で見られると揺《ゆ》らぎそうになる。だけど、村のためを考えなければならない。私は神子かもしれないけれど、助けたくても全てを助けられるわけではない。

私はその視線に首を振《ふ》った。

村からの伝言がやってきてドングさんたちの意見もやはり、村にこの人たちを連れ込まないということだった。

とはいっても、このまま疲《つか》れ切った彼らを森に放り出すほど皆は厳しくなかった。村には入れられないけれども――、彼らが休めるような安全な場所を作ってあげるという選択をした。

全てを助けて、全ての面倒《めんどう》を見るというのは難しい。そういう風にはやろうとしても出来ない。だからこそ、村のことを考えてリスクを最小限に減らして、出来うる限り助ける。直接的な行動よりは結果が出るのが遅《おそ》いかもしれないが、きちんと順序を守って助けることでいい結果をもたらすことがあるのだ。

それからその人たちが休めるようにテントのようなものを、オーシャシオさんたちは作っていた。村から西に離れた位置に作った。彼らが休んでいる間に襲われないように何人かが見張りもしてくれるそうだ。そのあとの話は、また考えようということになった。

◆

私が村に戻ると、皆で話し合いが開かれていた。彼らの仲間が森の中に散らばっているのならば、この近くにいるのかもしれない。

だからこそ、警戒していかなければならないという話し合いがされていた。

あの民族にとって、顔に彫っている刺青は、神への信仰《しんこう》をあらわしているらしい。本当に世の中には様々な信仰の形があるというのがよく分かる。

身体に刻まれた刺青にも意味があるらしい。刺青をする、というのは私にとって恐ろしいことに感じるけれども彼らにとっては当たり前の行為《こうい》なのだろう。私はその文化を受け入れていけるようにしようと思っている。

民族が仲間と合流して人数が増えたら、この穏《おだ》やかな村にどう影響していくか分からないと。まだ村としての形も整っていないこの場所に得体の知れない人間を引き込めない。彼らが何を考えているのかも分からないからなおさらだ。

それにしても、凄く不思議な人たちだった。見たことがないような恰好《かっこう》をしていた。

私は人間っていうと、育った村の人たちとランさんぐらいしかちゃんとは知らない。ガイアスのことを襲っていた人間たちも、あの人たちとは違った。同じ人間の中でも、あれだけ違う人たちがいるんだってびっくりした。

私は本当に、まだ全然この世界のことを知らない。

それに、もっと私は考えて行動しなければならないと思った。優しい人たち、大好きな人たちのために私はちゃんと考えなければならないんだ。

——ひとまず、あの人たちの仲間がいるのならば、そちらに合流してもらう。

そして彼らには、ここから移動してもらう。

「もし、こちらに住みたいと言った場合は断った方がいいだろう。その人間たちを受け入れられるだけの準備がこの村には出来ていない」

ドングさんがはっきりとそう言っていた。ランさんたちもその言葉に頷いて納得《なっとく》した様子だった。

だけど、ロマさんはなんとも言えない表情をしていた。その表情が少しだけ気になった。

# 幕間　王子と、令状／王女と、選択／姉の日常の終わりと、自覚

ニーナの父親、つまりフェアリートロフ王国の王が崩御《ほうぎょ》した。そして、隣国《りんごく》であるフェアリートロフ王国は崩壊《ほうかい》の危機を迎《むか》えている。俺《おれ》の父親であるミッガ王国の王は、本来ならこの状況《じゅうきょう》でフェアリートロフ王国を放置するほど甘《あま》くはない。

だが、ミッガ王国もまた問題を抱《かか》えていた。

ミッガ王国は、フェアリートロフ王国に神子《みこ》が現れたということで、それに対抗《たいこう》するために人材を増やそうと、異種族の者たちや、ミッガ王国に従わない人間たちなど、多くの存在を襲《おそ》い、奴隷《どれい》としてきた。

――その行動のツケが今回ってきている。急速に増やされていった奴隷たち。それを全て管理するということが、ミッガ王国には出来なかった。

そもそも無理やり奴隷にさせられた彼《かれ》らを収容する場所も限られている。それほど収容所の数が多くあるわけではない。

そんな中でどんどん増える奴隷を入れる場所もなく、収容所によっては食事が行き届いていなかったり、奴隷同士でいざこざが起こっていたり――問題は多く発生している。

俺は、父上が絶対的な存在であると思《おも》い込《こ》んでいた。俺にとってそれだけ父上は逆らえない存在だった。

──そのことはニーナから叱責《しっせき》された時に理解した。だけど、いざ、こうして国が駄目《だめ》になっていくという場面に遭遇《そうぐう》すると、複雑な気分になる。

──そして俺の元には、父上からの令状が届いている。

そこに書かれているのは、騒《さわ》いでいる奴隷たちを殺せということだった。処分しろ、とまるでモノのように扱《あつか》う言葉を前に俺は思考している。

俺が、何をしたいのか。

俺は正直、奴隷に落とすという行為《こうい》さえも嫌《いや》だと思っていた。命令に逆らえないとか、そんな言い訳から俺が実行してしまっていた行為がである。勝手に奴隷にしたのに、今度は殺すなど……そんなことはしたくない。それに、国内の混乱が落ち着いたら父上はフェアリートロフ王国に狙《ねら》いを定めるだろう。

フェアリートロフ王国では、第三王子が『保護していた神子が偽物《にせもの》だったから、王が亡《な》くなった』ということを大義名分にしている。そのため自分が王になるのに相応《ふさわ》しいと。それは他国にも当てはまる大義名分だ。

父上は国内が片付いたら、〝偽神子を崇《あが》めている国を神の名の下に討伐《とうばつ》する〟とでも言って、フェアリートロフ王国に攻《せ》め込《こ》むことだろう。

政治というものに、神子という神に愛されている特別な存在が利用されている。恐《おそ》らくフェアリートロフ王国の神子は偽物だろうから、利用したとしても問題ないだろう。俺が出会った少女が神子であると仮定しての話だけれども。

俺は……ニーナのいる国を攻めたいとは思わない。敗戦国の王女なんて立場になれば、ニーナがどのようになるかも分からない。——それならば、いっそのことこの国で内乱が起こり、フェアリートロフ王国と戦争にならない方がいいのではないかという考えさえも浮《う》かぶ。

父上と、ニーナ。

どちらを取るか、そういう選択《せんたく》を迫られている。

以前の俺ならば迷わず父上を取った。父上の言うことが全てで、逆らうなんて考えもしなかった。だけど、ニーナに出会った。ニーナの言葉が脳裏《のうり》に浮かぶ。俺の後悔《こうかい》しない道はどれだろうかと、冷静になって考えた時、俺はニーナと共に歩みたいと思った。

そのためには、どうしたらいいいか。

第五王女という王位継承《けいしょう》権を持つ立場で、隣国で大変な状況下にいるであろうニーナ。このま、ニーナが大人しくしているとは思わない。ニーナは、この状況できっと動く。ニーナは後悔しない道を必死に探して選ぶだろう。

——ならば、俺だってそうする。俺も必死に後悔しない道を選ぶ。

ニーナと接触《せっしょく》をすることは難しい。ニーナがどう動くかも分からない。だけど、俺なりに考えて、出来うる限りニーナの力になれるように動こう。

俺はそのことを決めて、まずは国に反発している奴隷たちに会うことにした。

――俺は彼らを奴隷に落とす行為をしていた側の人間だ。だからこそ、彼らにとっては憎《にく》むべき相手かもしれない。だけど、俺が真っ先にやるべきことは彼らを味方につけることだと思った。父上にばれないように。

俺は、ずっと奴隷に落とすことに心を痛めていた。だけど、馬鹿《ばか》みたいに悲観して、父上に逆らえないって決めつけて、行動を起こせないでいた。だけど、今こそ、行動を起こすべき時ではないのか。自分の心に素直《すなお》に従ってみるべきではないか。もちろん俺の罪は消えないし、自分がやらかしてしまったことも受け入れていくつもりだ。

俺は父上のことがずっと正しいと、思い込んでいた。でも父上は奴隷を増やそうとして失敗して、こうして国内がごたごたしている。このミッガ王国は、父上の方針で国民と奴隷が区分されていた。

それを、どうにか出来ないか。

俺は以前、あの時に出会った少女が本当に神子であるのならば、いつか俺のことを殺してくれないかと考えていた。俺が楽になるためだけの考えだった。

でも――もうそんな考えをしていない。

俺は俺なりに、自分の心に従って動く。後悔しないようにやらなければ、世の中どうなるのか分からないから。

「俺は、これから——」

俺は配下の者たちも、信頼《しんらい》していなかった。でもずっと俺についてきてくれた配下の者たちは、俺のことを本気で心配してくれていた。

だから俺は、改めて周りを見た上で信用出来ると思った人間に自分の意思を伝えた。

その先にどんな結果が待っていたとしても、俺は後悔なんてしない。

◆

——王になる道が一番いいかもしれません。

どういう思惑《おもわく》でその言葉が放たれたのか分からない。分からないけれど、私はその問いかけに否と答えた。

私は現実問題、第五王女という立場で王になるための何も学んできていない。いずれ嫁《とつ》ぐことを前提とした教育だけを施《ほどこ》されてきた。そんな私が王になれたとしてもそのあとが難しいだろう。

王になる予定で足固めをしてきた王太子であるお兄様には、支えてくれる存在が多くいる。私が王になるということは、その者たちから牙《きば》を剥《む》かれるということにもなる。

現状の国内の問題は、第三王子が神殿《しんでん》が偽物の神子を仕立て上げていたことに、王太子と第二王子も関わっていたと糾弾《きゅうだん》していることだ。そしてそれを民《たみ》が支持していることが一番の問題だ。ならば、その前提を覆《くつがえ》してやればいい。

王家は、アリス様が神子ではないなどと知らなかった。私はもしかしたら神子ではないのかもしれない、と疑ってはいたけれど確信を持っていなかった。本物の神子かどうかを見分けられるのは神託《しんたく》を受けた神官たちぐらいだろう。

――ならばアリス様が神子なのか、そうでないのかが分かる唯一《ゆいいつ》の鍵《かぎ》は大神殿である。

「私はこれから、ジュラードお兄様の元へ向かいます。貴方《あなた》たちにもついてきてほしいのですが、お願い出来ますか？」

私はフェアリートロフ王国の正式な王太子であるジュラード・フェアリーの元へ向かうことにした。そして私がヴェネ商会の者たちに、ついてきてほしいと願うと、彼らは頷《うなず》いてくれた。

ヴェネ商会としては、私を王にしたかったのかもしれない。そして、王である私を裏から操《あやつ》りたい、もしくは利用したいという思惑があったのかもしれない。でも、それには乗らない。ヴェネ商会と私はあくまで、利用し、利用されるだけの関係でしかない。彼らがこの国の平穏《へいおん》を願っているのは確かだろう。でも、完全な味方であるわけでもない。

私はそれを理解している。

ジュラードお兄様に、利用出来る駒《こま》としてヴェネ商会を紹介《しょうかい》しよう。少なくとも、この国を安定させたいという気持ちは一緒《いっしょ》なのだと、そう言って。

そして、私は久方ぶりにジュラードお兄様と邂逅《かいこう》した。

側妃《そくひ》の娘《むすめ》である私と、正妃の息子《むすこ》であり王太子のジュラードお兄様、そして第二王子のギイお兄様。誰《だれ》が親であるかによって、同じ王の子どもでも地位というのはがらりと変わるものだ。私とお兄様たちの立場は明確に違《ちが》う。

国が混乱している状況の中で訪ねてきた私に、二人のお兄様は笑顔《えがお》を見せている。――だけど、その目の奥《おく》で私に対して警戒心《けいかい》を持っているのが分かる。

国内がこれだけ荒《あ》れている中で私が訪ねてくれば、警戒するのも当然だろう。私がお兄様たちの立場だったとしても警戒してしまうと思う。

「お久しぶりです。ジュラードお兄様、ギイお兄様」

私は緊張《きんちょう》を一生懸命《いっしょうけんめい》隠しながら、笑みを顔に張り付ける。こうしてお兄様たちの前に立つのは、私が辺境に行っていたのもあって本当に久しぶりだ。元々あまり会話も多くなかった。そんなお兄様たちに私が言葉を投げかけるだなんて、心臓がバクバクする。

幸いにもこの忙《いそが》しい中でお兄様たちは私に会ってくれたけれど、話を最後まで聞いてくれるとは限らない。お兄様たちが私の言葉を気に食わないと切り捨てたとしても、誰にも文句は言われないのだ。それだけ、私とお兄様たちの立場には差がある。

「それで、どのような用なんだい？」

「――側妃の娘で、第五王女でしかない私のつたない頭で考えた意見ですが、聞いていただきたいことがあります」

私は、そう前置きをする。お兄様たちから「言ってみなさい」という言葉をいただいたので私は告げる。

「この国内の混乱において落としどころが必要であると思います……誰かが罰《ばっ》せられるといった。現状国民は神子を騙《かた》ったという理由で、保護されていた少女アリス様にその役割を押《お》し付けようとしています。それは第三王子側もそうでしょう。しかし、その第三王子勢力の意見がまかり通った場合、あちらが正義であるとごり押しされることになります」

結局勝った側が正義であると幾《いく》らでも言える世界なのだ。偽神子としてアリス様が処罰《しょばつ》されるということは、お父様やお兄様たちが偽神子を仕立て上げたという第三王子側の意見が真実だと国民から認識《にんしき》されてしまうことになる。

「そうなれば亡きお父様や、ジュラードお兄様方が偽神子を仕立て上げたなどという虚偽《きょぎ》が真実とされることになります。また、私はアリス様に会ったことがありますが、アリス様は自身が神子であると信じ切っていました。本人は辺境の村から大神殿に神子だと言われ連れてこられたのです。どのようにしてアリス様自身が神子であると偽《いつわ》ると言うのでしょうか。例え偽ったとしても大神殿側が神子であるとアリス様のことを認めなければ、これほどまでに大事にはならなかったでしょう。そもそもアリス様が神子ではなかったとしても、神子を保護しているのは大神殿であり、神子が本物かどうかを判断出来るのも王家ではなく大神殿です」

第三王子勢力は、第三王子を王にするために無理やり王となる正当性を掲《かか》げている。大神殿と王家が癒着《ゆちゃく》して偽神子を仕立て上げたなどという虚偽を口にしていた。しかし、事実として王家は神子が偽物であるとは知らなかった。ならば、誰が偽神子に仕立て上げたのか。

――それは、大神殿側でしかない。

「神子が偽物であると第三王子が口にしていることに、真っ先に反論するべきである大神殿の上層部の者たちが動かないのも――アリス様が神子ではないことを知っていたからではないかと思うのです」

少なくとも、アリス様が神子ではないかもしれないというレベルではなく、神子ではないと確信しているのではないかと思う。

「第三王子勢力は現状国民の支持を受けています。それは第三王子側の言い分を皆が信じているからです。それもあってジュラードお兄様たちが動きにくいのも承知しております。だからこそ、その第三王子勢力の言い分を覆せばいいと思います。大神殿側から真実を聞き出し、それを公表することでジュラードお兄様たちが偽神子を生み出したという虚偽をどうにかすることが出来るのではないかと思います。また、神子として連れてこられたアリス様に関しても、利用されただけの憐《あわ》れな少女として保護することで、ジュラードお兄様たちの慈悲深《じひぶか》さも証明出来るのではないかと思います」

私はそこまで言い切って、ジュラードお兄様とギイお兄様の方を見た。彼らは、真剣《しんけん》な顔で頷き合った。そして、口を開く。

◆

「ちょっと、私は黄色がいいって言ったでしょ！」

「もっとお菓子《かし》をちょうだい！」

私は声を荒《あら》らげる。

私は、アリス。

神子と呼ばれる神様に愛されている存在……らしい。この大神殿に引き取られた当初は、私は自分が神子であることを疑ってなかった。ううん、今も私は特別なんだって思っている。だって、ずっと私は周りに特別だって言われて生きてきたんだから。神子としてここに引き取られた時だってお母さんやお父さんは当然だって態度をしていて、私も自分が神子なんだって自信満々だった。

でも、私の言うことを聞くのが当然だった周りの神官たちの態度が最近おかしい。私に聞かせないように喋《しゃべ》っているつもりなのかもしれないけれど、ちゃんと聞こえていた。

アリス様が神子ではないかもしれない、と言っていた周りの神官たちの言葉を。

私がいくら「神罰《しんばつ》が下る！」と言ったところで実際に神罰は下っていない。

私がこの国――フェアリートロフ王国に保護されているというのに、国は豊かになっておらず、むしろ悪い方向に向かっている。

そんなことを神官同士でひそひそと話していた。私のことを肯定《こうてい》していた人たちがそんな風に言っているのを聞いた時、私はショックだった。

だって私は特別で、綺麗《きれい》で、だから私の言うことを聞くのは当然だって村でも皆《みんな》言っていた。

ここにやってきてからも皆そうなんだって言っていた。

――なのに、私のことが大好きなはずの人たちが私のことを悪く言っているのだ。

私は特別だから周りに愛されているのは当然で、そんな私をねたんで悪く言う人は時々いるけれど私が正しいのは当然だって。特別な私の願いはなんでも叶《かな》えられるべきだって。――お母さんとお父さんはずっとそう言っていた。

でも、今まで当たり前だと思っていた事実は、実はそうではないのではないかって、最近不安になってきている。

いや、それでも、私は特別なのだ。

私はとても綺麗なのだ。

そう、だからどんな要求を言ったとしても私の言うことを周りは聞いてくれる。それを確認《かくにん》出来るとやっぱり私は特別なのだ、私は正しいんだって実感出来て安心する。

私は時々周りの神官たちが言っているような神子としての力が現状使えない。でも、そんなことは関係ない。力が使えなくても私は特別なのだ。力が使えないのはきっと何か不具合があるだけだ。特別だから、他とは違うから私は正しいのだ。

漠然《ばくぜん》とした不安を感じながらも私は要求を口にし、それを叶えてもらい安心をしながらそう自分自身に言い聞かせていた。

大神殿でそんな生活をこれからもずっと送っていくのだろうと、そんな風に考えていたけれど私の生活はある日激変した。

「偽神子、アリス。貴様を投獄《とうごく》する！」

以前、何度か会ったことがあるこの国の王族って人？　結構顔は整っているけれど私の方が整っている。王族だろうとも私よりは下ねと思い、あまり気にも留めてなくて名前さえも憶《おぼ》えてなかった人が告げた。

急に神子である私の部屋に押し入ったかと思えば、そんなことを言い放つ。なんて無礼なんだろう。

意味が分からないことを言って、私を睨《にら》みつけるなんて。

「私が偽神子？　何を言うの！　私は神子よ！　神子の部屋に無断で入るなんて無礼ではないのか

しら！」

私は不愉快《ふゆかい》だった。

ただこの場にいきなり入ってきた人たちのことを追い出したいと、そればかり考えていた。

「この無礼な人たちを追い出しなさい！」

私は周りに命令を下す。

だけど——その望みは叶えられなかった。

その王族の人の後ろから入ってきた騎士《きし》を前にして、私の周りにいた神官たちは顔色を悪くする。

「——どうか私たちのことだけは助けてください」

「この偽神子のことは差し出しますから」

彼らは、自分の身の可愛《かわい》さ故《ゆえ》に私を守ることはしなかった。

特別で、誰よりも大切にされるべき私を誰も守ろうとしない。

「何をするのよ！　私は神子なのよ！　私にこんなことをしていいと思っているの⁉」

私は声をあげる。

だけど、身体《からだ》は震《ふる》えていた。私よりもずっと身体が大きい人に捕《つか》まったことは初めてだった。今まで経験したことのない事態に、初めて恐怖心《きょうふ》というものが芽生えていた。

いくら声を張りあげても私の身体を騎士が離《はな》してくれることはなかった。

なんでこんな目に遭《あ》わなきゃいけないのか分からなかった。

私が声をあげれば、私の言うことを皆が聞くはずだった。

だって、それが当たり前だって、私の望みは叶えられるべきだって皆が言っていたもの。私は、特別だからって——。

けれど、私が押さえつけられて痛い思いをしているのに、離してくれなくて。

私が離してほしいってお願いしているのに、私を冷たい目で見ていて。

なんで。どうして。私は神官たちに視線を向ける。だけど、彼らも冷たい目で私を見ている。

助けて、と叫ぼうとして私はずっと一緒にいた彼女《かのじょ》たちの名前さえも知らないことに気づいた。

助けてくれないことにショックを受けているうちに、私は運ばれて、冷たい部屋の中へと放り込まれた。

私は特別なはずなのに、私は何をしても許されるはずなのに——なんで私が嫌がっているのにここに入れられているのだろうか。

彼らは偽神子、と言っていた。でも私は神子だって言われて大神殿に引き取られた。だから私も神子なんだって思っていた。それが違ったから偽神子と言われるなんておかしい。勝手に私を神子だと言ったのはこの国なのに。

そもそも神子ではなかったとしても私は特別なのだから、こんな目に遭うのはおかしいのに。

「どうして、なんで！」

「私を出しなさい！」

「私を誰だと思っているの！」

私はどうしてこんな目に遭っているのだろうか。私は特別なのに。私はそんな思いから何度も何度も声をあげた。私は特別で、世界に愛されているからすぐに誰かが助けてくれる。そう思い込んでいた。

なのに、私は冷たい床《ゆか》の上に座《すわ》り込んでいる。こんな場所で過ごすのは初めてだった。ここは牢《ろう》獄《ごく》のような場所のようだ。

鍵がかかっていて、私はここから出してもらえない。最低限の食事は運ばれてくるけれど、それはとても質素なものだ。私はいつも豪華《ごうか》な食事ばかりもらってたから、こういうものを食べるのも初めてだった。

私が望めば、なんでも手に入った。真っ先にいい物を皆が与《あた》えてくれた。生まれは平民でも、私は特別なんだって、お姫《ひめ》様なんだって皆言っていた。

皆が私に優《やさ》しくするのは当然なんだって。

――なのに、誰もが私を冷たい目で見ている。私がいくらお腹《なか》がすいたと言っても、くれるのは本当に残飯ばかり。

私は、特別なのに。

――いえ、もしかしたら私は特別じゃない？

突然《とつぜん》、恐ろしい考えが頭に浮かんだ。

――もしかしたら私は愛されて当然ではない？

今まで考えたこともなかった可能性がどんどん湧《わ》いてきて私は不安になった。今まで〝当たり前〟として考えていたことが当たり前ではないかもしれない――そう考えると怖《こわ》くなった。

怖くなったからこそ、その考えてしまったことを信じたくなくて、声をあげた。自分に言い聞かせるように、『私は神子なのよ！』って。

「私は神子なのよ。出しなさい！」

「私にこんな食べ物を出していいと思ってるの？」

「私は特別なのよ！」

でも、声をあげればあげるほど、彼らはますます冷たい目を向けてきた。

その目が恐ろしかった。どこまでも冷たく、私を好きではないと言っている瞳《ひとみ》。

私に向けられている目には、今までそんな冷たいものはなかった。私は特別で、皆優しいのが当たり前だった。でも――その当たり前が覆されかけている。

どうして、私がこんな目に遭うのだろうか。

――もしかして、私はこのまま、ここで一生を終えてしまうのだろうか。

身体がぶるっと震える。

ずっと着替《きか》えさせてもらっていないから、〝神子〟として与えられていた神秘的な服もすっかり汚《よご》れがついている。

周りが私に傅《かしず》くのは当たり前だと思っていた。

でも、いくら認めたくなくてわめいたとしても、私は今、私がその他大勢だって思っていた他の人たちと同じ立場――いや、捕《と》らえられ、このまま死ぬかもしれないと考えると、それよりも下の立場になってしまったということなのかもしれない。

「……私も、変わらない」

私もその他大勢だと思っていた人たちと一緒の存在なのだって、気づいた。

その瞬間《しゅんかん》、どっと力が抜《ぬ》けた。わめくのは、もうやめた。

声をあげるのをやめて座り込んで、私自身のことを考える。

私は特別だったから、だからあれだけ何を言ってもいいんだって思ってた。

――でも私は特別なんかじゃない。

周りで私のような態度が許されている人は他にいなかった。他の人が駄目でも、私は許されてきた。私は誰かに怒《おこ》られたことがなかった。周りの人たちは怒られていた。私が嫌がれば、私の嫌がることを強制しようとしていた人たちは私の周りからいなくなった。

私にとって、それは当然だった。私がそれを許されるのは、他でもない私が特別だったからだと思っていた。

でも、私は私自身が思っているほど特別ではなかった。

そのことを、自覚した。こんな風に捕らえられて、もしかしたら死んじゃうかもしれない状況になって初めて。

私はずっと、肯定されて生きてきた。

私がやることなすこと全て肯定してくれていた。

そんな私が、初めて否定されている。いや、よく考えたら初めてではない。私を否定していた人たちは私を肯定してくれている人たちがどうにかしていた気がする。

――今、ここで私のことを肯定してくれる人はいない。私を否定している人をどうにかしてくれる人もいない。

私はこの冷たい場所に、ただ一人ぼっちでいるのだ。

「……私は、恵《めぐ》まれていた」

当たり前だと思っていた環境《かんきよう》が、恵まれていたということに初めて気づいた。私は肯定されるのが当然の人生を歩んでいた。

だから、否定されることがこれほど衝撃《しようげき》的だとは思わなかった。――そして、初めて、生まれ育った村でずっと否定されていたアレを思い出した。

アレは私の家に住んでいた同じ年頃《としごろ》の少女だった。栗色《くりいろ》の髪《かみ》と瞳を持つ、ボサボサ頭の女の子。なんで私の家に住んでいたのかも知らない。ただ、アレは気づいた時からずっと私の家にいたのだ。

同じ家に住んでいたとはいえ、両親はアレを私の傍《そば》に近づけなかった。周りの友人たちもアレと私が接するのを嫌がっていた。アレは村人たちから私と正反対の意味で特別視されていた存在だった。近寄らない方がいいと。

だから、私はアレのことをよく知らない。関わり合いはほとんどゼロに近かった。

名前も知らない。両親の口から聞いたことはあったかもしれないけれど、思い出せない。アレとか、あの子とか両親はよく言っていた気がする。

そういえば、アレは神殿からの遣《つか》いがやってきた頃《ころ》に気づいたらいなくなっていたけれど、どこに行ったのだろうか。今まで気にしていなかったことが、頭をよぎる。

私が嫌がって、私の傍からいなくなった人たちは今どうしているのだろうか。今まで考えたこともなかったことを、私は思考している。

――そんな風にずっと思考し続けることしか、捕らえられている身では出来なかった。

それから数日経《た》って、私は囚《とら》われの身から解放されることになる。

# 6　少女と、民族

あの民族に出会った日、私は村でいつも通りお祈《いの》りをして、自分の家で眠《ねむ》った。あの不思議な人たちのことが気になるけど、今は考えても仕方がない。

夜が明けると、また状況《じょうきょう》が変わっていた。

私が目を覚ました時、ドングさんたちが難しい顔をして話し合いをしていた。何か起こったのだろうか、と私は怖《こわ》くなった。

「どう、したの」

「レルンダか、おはよう。実はだな……、あの連中を守っていた者たちが襲《おそ》われたんだ」

「襲われた？」

私は頭の中が真っ白になった。

昨夜、疲弊《ひへい》しているあの人たちが魔物《まもの》などに襲われないように、獣人《じゅうじん》の何人かで見守っていた。そんな中で襲われたなんて、誰《だれ》に、どんな目的で——そんな私の思考は口にしなくてもドングさんに伝わったのだろう。ドングさんは、険しい表情をして言った。

「あの助けた人間たちの仲間が、勘違《かんちが》いをして襲ってきたんだ」

「勘違い？」

あの人たちは仲間とバラバラになったと言っていた。バラバラになった人と合流出来たのはいいことだと思うけれど、襲われるなんて物騒《ぶっそう》だ。

「ああ。俺《おれ》たちはあの人間たちが襲われないように見守っていた。でもそれが彼《かれ》らの仲間には分からなかった。獣人が仲間を囲っているように見えたから、襲ってきたそうだ」

人間と獣人というのは本来、相いれない存在である。

だから獣人たちが仲間の傍《そば》にいたのを見て、獣人に酷《ひど》い目に遭《あ》わされていると勘違いしてしまったのだそうだ。

「それ、どうなったの」

不安になった。襲われるというのは危険なことだ。襲われたということは誰かが傷ついたのだろうか。そう思うと恐《おそ》ろしかった。

誰かが傷つくのが怖い。――誰かがいなくなるのも、怖い。

「襲撃者《しゅうげきしゃ》たちはこちらで捕《と》らえた。そして事情を説明した。誰も怪我《けが》をしていないから、そんなに不安そうな顔はしなくていい」

「……そっか。なら、どうしてそんな顔？」

怪我をした人が誰もいないということに私は安心した。だけど、ドングさんの顔は浮《う》かないままだ。

どうしてだろうか。

「ああ、あの者たちは元々それなりの人数がいたようだ。住む場所を俺たちと同じように追われてバラバラに逃《に》げたから今は少人数だけど、全員が集まったら大変なことになるかもしれない。助けられるなら助けたいという気持ちもある。だが、この村にそんな大人数の人間を受け入れることは出来ない。この村が崩壊《ほうかい》する恐れがあるから」

ドングさんの話を聞く。

ドングさんはアトスさんが亡《な》くなってから、一生懸命《いっしょうけんめい》私たちを引っ張ってくれている。ドングさんは優《やさ》しい人だ。

優しいからこそ、ドングさんも出来たら助けたいという気持ちはあるのだろう。

襲ってきた人たちも含《ふく》め、私たちの村の近くにいる民族は二十人ほどになったそうだ。

「――俺たちがレルンダやランを受け入れられたのは、まずレルンダがグリフォン様たちを従えていたから。ランに関しては一人であったから。それに――俺たちの村が受け皿になるだけの村であったこと。それが理由だ。でも、この村は作りたてで、これからどうなるのかも分からない不安定な状態なんだ」

「うん……」

「あの人間たちが何を考えているかも分からない。そんな状況で村には受け入れられない。だが、ただ突《つ》っぱねるのも危険だ。あの人間たちが逆上して俺たちから村を奪《うば》おうとするかもしれないからな。——このまま、休息を取ったらすぐに去ってくれるのならいいが……、この地にとどまると言うのならば穏便《おんびん》には済まない可能性が高い」

穏便に済まない可能性が高い。

私たちの大事な村を奪うかもしれないと。このままこの場から去ってくれるのならともかく、この地にあの人たちがとどまるのならば問題が起こるのかもしれないと。

そんな風にドングさんを悩《なや》ませてしまっていることをこの村に直接的に引《ひ》き込《こ》んだのは、他でもない、私だ。

私が民族を助けるだけで終わればよかったのかもしれない。それとも、襲われているからといって助けない方がよかったのだろうか。何が一番正しいのか分からない。ううん、一番正しいっていう選択肢《せんたくし》はないのかもしれない。何が正しいのか、何が間違いなのかというのは結局決められないものだと思う。人によってどれが正しいか、間違いかは異なるだろう。

その中で私はどんな風に行動をしていったらいいのだろうか。私があの人たちを助けて、村の存在を明かした。それはもうやってしまったことだ。過去のことはどうにもならない。なら、私は、これからどうしたらいいだろうか。

「ドングさん……穏便に済まない、っていうのは」

「争わなければならないかもしれない。争いが起こったらあの人間たちが二度とこちらに歯向かわないようにするべきだ。中途半端《ちゅうとはんぱ》にすると、延々と争いが続くかもしれない。その結果、村の誰かが死ぬかもしれない。――そういう可能性も十分にありえる。襲ってきた者たちには事情を説明してもらったが、どうなることか」

もし、争いが起こったら……想像すると怖い。皆《みんな》が傷つくのは嫌《いや》だ。ううん、皆じゃなくても誰かが傷つくのは嫌だと思う。そんな私はやっぱり甘《あま》いのかもしれない。

私は神子《みこ》、という存在なのかもしれない。だからこそ、人が傷つく場面というものをあまり見ずに生きてきた。そうオーシャシオさんも言っていた。

でも、私がこれから皆が安心出来る場所を作るためには、そんな風に甘いだけではいけない。

――誰かを切り捨てること、誰かが傷つくこと、それは世の中では当たり前に溢《あふ》れていることなのだ。

私たちと、民族。

どんな風にするのがいいのか、思考し続けなければならない。

私が、私の大切な人たちを守るために。

その日の昼、民族が不審《ふしん》な動きをしているとレイマーから報告を受けた。

私が助けた人間たちは、仲間の人たちと合流した。私たちが民族の人たちを害そうとしていないことは納得《なっとく》してくれたようだ。

朝のうちにドングさんと話して、民族の人たちに立《た》ち退《の》いてもらうという村の方針は決まっていた。そのためドングさんが彼らと交渉《こうしょう》をした。どこかへ行ってほしいという希望を告げ、食料なども与《あた》えるという条件付きの交渉に彼らは頷《うなず》いた。

──だけど民族の人たちはまだとどまっていると、レイマーが報告してきた。

納得したと口では言っているけれども、実際は全く納得していないということなのかもしれない。彼らは私たちの住んでいる場所を探しているのだろうか、周辺をうろうろしているのだと。しかし、村にはたどり着けていないようだ。

この村はそこまで分かりにくい場所に作られているというわけではない。むしろ、目立つとさえ思える。だけど、見つかることがない。

この村には不思議な現象が起こっている。

そのことに対して、ランさんと私は会話を交《か》わしていた。

「──恐らく、レルンダがいるからですね。レルンダは一度は彼らを村に入れようとしていたようですけれど、ドングさんたちの話を聞いて村に来てほしくないと思っているでしょう。その気持ちがこういう結果に繋《つな》がっているのか、それとも人間たちにこちらを害そうという気持ちが少なからずあるから見つけられないのか、どちらかでしょう」

「……そう」

ランさんは私がこの村にいるからこそ、彼らがこの村を見つけることはないのだと言う。そんな信じられないような考察。だけど、神子というのは不思議な力があるからそういうこともあるのかもしれない。そう思うが、信じがたい。

「ええ。そうだと思いますわ。本当に、神子とは興味深い存在ですわ」

「……確定してない、でしょ」

「ええ、確かに本当にレルンダが神子であるかというのは確定しておりません。でも私は貴方《あなた》が神子だと思っております。それに神子ではなかったとしても、レルンダが特別な力を持っているのは確かですしね」

ランさんは穏《おだ》やかに笑って言い切った。

そしてランさんは続ける。

「それにしても周辺にいるとは困りましたね。この村の場所を見つけることは出来ないかもしれませんが、用心はきちんとしておいた方がいいでしょう。神子の力は決して完璧《かんぺき》ではない、というのはアトスさんの件でも明らかです。ドングさんたちも分かっていて気をつけてはいるでしょうが、何が起こるかも分かりません。あちらは何か考えがあって、こうして私たちの村の周辺をうろついていることでしょう。このまま誰一人見つかることもなく、去って行ってくれればいいですが、この村の場所が見つからないにしても、近くに住まうということになれば関わらずに生きていくというのは難しいですしね……」

村を見つけられないからと去ってくれれば一番いい。だけど、もし周辺に住まうのならば関わらずにいられない。

民族は何を考えているのだろうか、民族は何を望んでいるのだろうか。――それが分かれば何か変わるだろうか。この周辺からどこかへ旅立ってくれるだろうか。それとも深く知ってしまったら、関わらないという選択肢はなくなるだろうか。

分からない。だけど、ひとまず、このままの状況では駄目《だめ》だろうということは分かる。私が引き起こしてしまったことだ。私が安易に彼らを助けて、そして関わったからこそ、起こったこと。

「フレネ……」

ランさんとの話が終わったあと、私はフレネの名を呼んだ。

フレネはすぐに反応を示してくれる。

「フレネ、私……この村のためにも、あの人たちが何を考えているのか、知りたい」

「知ってどうするの？」

「分かんない。けど、知ってるのと、知ってないのだと、知ってる方がいいって思う」

知ってどうするか、に即答《そくとう》は出来ない。その答えを私は持っていないから。だけれども、知っている方が何かあった時に動きやすいのではないかと思ったから。

フレネは私の言葉に頷いてくれた。フレネの姿や声は、フレネが自分から見せようとしなければ彼らには見えないはずだ。

だからこそ、フレネなら何か情報を集められるのではないかと思った。

フレネはその後、民族の元へ行ってくれた。

私は、ガイアスの元へと向かった。

ガイアスは、というよりこの村の子どもたちは、今はなるべく外に出ないようにと言われている。

民族の問題があるからだ。

だから村の中でガイアスは魔法《まほう》を使う練習をしていた。身体《しんたい》強化は使えるようになったと言っていたけれど、他の魔法らしい魔法は使えないと言っていた。

「ガイアス」

「レルンダか……」

「……ガイアス、どうなると、思う？」

「……あの人たちのことか？」

「ん」

ガイアスは私よりも、ちゃんと色々考えていると思う。私たちの目標も、ガイアスが最初に言ったこと。ガイアスは、民族についてどう考えているのだろうか。彼らは、最終的にどうなると思うのだろうか。

「……正直、このまま去ってはくれないと思う」

「どうして？」

「……多分、あの人たちは俺たちと関わりたいと思っているんじゃないかな」

「うん……」

「でも、関わらない方が互《たが》いのためっていうか、俺たちのためにはなるんだろうと思う」

「うん」

「俺は、俺たちが安心出来る場所を作りたいって言った。――本当は、あの人たちが俺たちと同じように逃げてるなら、共に安心出来る場所を作れるのが一番いいと思う。でも、その前に、今の俺たちが本当に安心出来る場所を作ってからでないと、あの人たちは受け入れられないだろうな。……タイミングがもっと遅《おそ》ければ、もっと俺たちの村がきちんと形になっていたら、あの人たち全員を受け入れることも出来たかもしれないけれど、今は時期が悪い」

「うん……」

「……でも多分、このまま関わらずに終われない気がする。どうにか、俺たちに被害《ひがい》がないように出来ればいいんだけど」

「うん……」

このまま関わらずに終わるのが、お互いのため。

――だけど、恐らく関わらずにはいられない。

ガイアスの言葉通りに、彼らはいまだ村の近くから去っていない。どこかに行こうともしない。そして相変わらず村の場所を探しているらしい。

◆

「くそっ、まだ見つからないのか！」

「すぐ近くにあるはずなのに……」

木の上に座《すわ》り込んでいる俺のすぐ近くで、大人たちが苛立《いらだ》ったような声をあげている。

「そんな風に声を荒《あら》らげていても仕方がないだろう？」

「そうは言っても──」

大人たちが苛立っている理由は、あの不思議な人間の少女が住んでいるという村の場所が見つからないからだ。

猪《いのしし》の姿をした魔物から俺のことを助けてくれた、不思議な力を持つ少女。

──まるで、特別な神の娘《むすめ》のような存在だと、俺は思った。

俺たちは、ミッガ王国で暮らしていた。遥《はる》か昔には、ミッガ王国の重臣になっていたほどだと、おじいちゃんたちが自慢《じまん》げに語っていた。だけど、今のミッガ王国は俺たちのことを必要としていなかった。

「不気味な民族どもが！」

そう言って、ミッガ王国の連中は俺たちを追い立てた。

奴隷《どれい》になるか、逃亡《とうぼう》するか。

俺たちにはその道しかなかった。そして、俺たちは逃亡する道を選んだ。

俺たちには神の娘がいる。だから、どこにいても問題がないのだと大人たちは自信満々に言っていた。神の娘は、神の声を聞き、不思議な力を持つ、俺たちにとって特別な存在だ。その神の娘がいるからこそ、俺たちは大丈夫《だいじょうぶ》なのだと。そんな希望を持って人の手が入っていない森の中へと逃げた。

——けど、この森という場所は決してそんなに甘くなく、生活が出来る場所ではなかった。

まず魔物が多く住んでいる。ミッガ王国に住んでいた頃《ころ》は、魔物をこんなに見たことはなかった。自然の中で生きている魔物がこんなに恐ろしいのかと驚《おどろ》いた。

次に食料問題が出てきた。魔物を狩《か》れば、その肉を食《く》らうことが出来るが、魔物はそんな簡単に倒《たお》せるようなものではなかった。それなら植物などで賄《まかな》えばいいと思われるかもしれないが、この森の中には毒のある植物も多く存在していた。身体《からだ》に悪影響《あくえいきょう》のないものだけを集めるなんてそんな神の御業のような真似《まね》を俺たちは出来ない。

安全な場所を求めての逃亡の中で、俺たちは疲弊していき、心の余裕《よゆう》がなくなってきている。ミッガ王国を飛び出す時は、新しい生活への希望で満《み》ち溢《あふ》れていたというのに、今や皆暗い顔ばかりしている。

あの不思議な少女たちの住んでいる村は、俺たちにとっての希望だ。

こんなに危険な森の中で村が作れていることも驚きだった。是非《ぜひ》とも一緒《いっしょ》に暮らしたいと思ったけれど、向こうは俺たちと関わる気がないようだ。俺はまた森の中を移動しなきゃならないのか、と思っていたのだが、大人たちはここから去るという言葉に頷いたのに、居座《いすわ》るつもりらしい。

……せっかく助けてくれた女の子も、食料を与えてくれた獣人やエルフたちも気遣《きづか》ってくれたのに。彼らの言葉に背《そむ》いてそんな真似はしたくないなって思ったけど、子どもである俺の意見は通らない。

大人たちの中でも俺と同じ意見の人はいたが、大多数が彼らと共存したいと望んでいるから結局このあたりをさまようことになってしまった。

中にはあの子たちの村から食料や住居を奪ってしまおうという恐ろしい考え方をしている人も出てきた。

……皆、普通《ふつう》に暮らしていた時は優しかったのに。余裕がないからか、そんな恐ろしい思考に向かっている。

「何を騒《さわ》がしくしているの？」

薄緑《うすみどり》色の髪《かみ》の少女――神の娘が、大人たちに声をかけた。

「神の娘よ、貴方は奥《おく》にいてくれ」

「神の娘はそこにいてくれるだけでいいのだ」

神の娘は特別な力を持つ。とはいえ、俺たちの行く先を決めるのは神の娘ではなく大人たちだ。

神の娘は、俺たちにとって絶対的な存在であるが、指導者というわけではない。むしろこういういざこざを神の娘の元へと通さないようにしている。もし神の娘が現状を正しく把握《はあく》し、神と交信出来たのならば、どうにか出来るかもしれないが、誰も彼女《かのじょ》に本当のことを話さない。それか、神の娘が大人だったならもっと何か行動出来たのだろうか。

俺も、神の娘も子どもだ。

神の娘として選ばれる前は仲良く遊んでいた記憶《きおく》があるが、今の俺には話しかける権限がない。

「――なんとしてもあいつらを見つけなければ」

そう口にする大人たちに、俺はどうすることも出来ない。下手に意見をしたら俺が殺されてしまいそうな危《あや》うさがある。

――空を見上げて、俺を助けてくれた少女たちが見つからないままでいてくれればいいと思った。

◆

「この危険な森の中で生活している者がいる。そのことがあの民族にとっての希望となっているのだと思う」

フレネはそう切り出して、彼らから集めた情報を私に教えてくれた。

「レルンダたちを見つけて、レルンダたちと協力してここで暮らしたいっていうのが一番の望みみたい。でも彼らの中にはレルンダたちから物資や村を奪おうと思っている人もいるみたいだわ」

私が不用心に、この森の中で暮らしていけるという希望を与えてしまった。

私がよかれと思って行動した結果、民族は私たちに接触《せっしょく》してこようとしている。難しい問題だ。

民族の人たちは根が悪いわけではないと思う。ただそういう状況だからこそ、余裕がなくなっているんだろう。

住む場所を追われ、魔物がはびこる森の中を徘徊《はいかい》して、ようやく敵対しない存在と出会えた。想像してみると、そんな状況でいっぱいいっぱいにならない方がおかしい。

「レルンダがいるおかげで私たちはあまり魔物に襲われたりせずにここまでたどり着けたし、今も平穏《へいおん》に暮らしていけている。でも――、あの人たちって、多分たくさん襲われてきたんだと思うよ。仲間が何人も死んでいるのかもしれないし、そういうこともあって追《お》い詰《つ》められているんじゃない？」

フレネは彼らを見て、そんな風に感じているようだった。

仲間がどんどん減っていって、先が見えない中で暮らしている。だからこそ、彼らは必死だ。私は――、彼らを助けたい気持ちは少なからずある。

ううん、私だけではなくて、皆だってそうだと思う。ただ……、助けた結果、この村がどのようになっていくのか分からないからこそ、中々行動を起こせないでいる。

私は、誰かが悲しむのは嫌だと思う。皆で、笑い合えたら嬉《うれ》しいと思う。――だけど、目の前で苦しむ人、悲しむ人全てを助けるのは難しいんだと分かった。

私はガイアスと誓《ちか》った理想を、ただ素敵《すてき》だな、叶《かな》えたいなと共感した。その目標が素晴《すば》らしくて、叶えたいと思っているのは確かだけど、それを叶えることの難しさを実感する。

民族をどんな風にするべきか、どう接するべきか。私たちが頭を悩ませている間に、一つの問題が起こった。

◆

村の獣人の一人が、民族に捕《つか》まった。

私はその報告を聞いた時に、どうして、と思った。民族があたりをうろついているからこそ一人で村の外に出ないようにドングさんは皆に告げていた。獣人たちは人間よりも身体能力が高いし、エルフたちも魔法を使えるから、一人で行動しなければ問題は起こらないだろうと言われていた。

なのに、どうして、と頭の中が真っ白になる。

「……どうして、そんなことに?」

「……俺たちに内緒《ないしよ》で接触していたようだ。ロマは見たこともない人間に興味津々《きようみしんしん》だったから」

捕まった獣人のロマさんは、そういえば村での話し合いの時に浮かない顔をしていた。もしかしたらその時から何か考えていたのかもしれない。

見たこともない人間に興味津々で、接触してしまったという話だった。

ロマさんは今までドングさんたちの指示に逆らうことはなかったから驚いた。

「……これは俺たちも悪いな。ロマは元々予想外の行動をするところがあった。アトスが亡くなり、逃亡生活を余儀《よぎ》なくされ、エルフたちと出会い、魔物退治を行い——そしてこの地に落ち着いた。その間ロマの行動は治まっていた。だから新しい村でも大丈夫だと思っていたのだが、余裕を持ったからこそ、また出てきたのだろう。俺たちも大丈夫だと油断してしまっていた」

ドングさんは難しい表情を浮かべている。

——今までこちらが接触をしないようにしていれば、問題なかった。だけど今回はロマさんが自分からあの人たちに接触した。その結果捕まった。

村が上手《うま》くいって、周りを見る余裕が出来たからこそロマさんは彼らに興味を持ったのだ。

「……どう、するの？」

私たちの方針としては、彼らに接触しないことだった。このままこの地から去ってくれればお互いのためにもなると思っていた。でも——、ロマさんが捕まってしまったので、このままではいられない。

「……彼らは、俺たちにロマのことで接触してこようとするだろう。この村のこと自体を考えるのならばロマのことを切り捨てるのが一番いい」

ドングさんはそう言い切ったあと、続けた。

「とはいえ、俺もレルンダのことを言えないぐらい甘いのだろう。ロマを見捨てるという選択肢は今のところない。それは、この村の皆の総意だろう。第一、俺たちの目標は皆が笑い合える場所を作ることだ。それなのに、その皆の中に入っているロマのことを見捨てるなんて本末転倒《ほんまつてんとう》なことが出来るわけがない」

「……うん」

私たちの夢。その夢を私たちは追っている。

夢を叶えるためにもロマさんを切り捨てた方がいいのかもしれない。でも私はそうしたくないと願っているし、何よりロマさんのことを切り捨てるなんて、そのあとに夢が叶ったとしても後悔《こうかい》する。その気持ちはきっと、皆も一緒だ。

どうやってロマさんのことを助けるか、その話し合いをしている中で民族が対話の場が欲《ほ》しいと持《も》ち掛《か》けてきた。ロマさんが捕まったことで、心配して村の外に出た獣人が彼らに見つかったらしい。

そのいくつかの条件の中に、〝一番最初に会った少女を話し合いによこすこと〟、つまり、私もその場に行くことがあった。

ロマさんを無事に返してほしければ、私と、あと数名だけを連れてくるようにという話だった。

それはそうだろう。獣人たちは人間よりも身体能力が高く、エルフたちは魔法が使え、恐ろしいと彼らは思っているからだろうという話だった。

その交渉のメンバーをどうするか、という話になった時、ガイアスが一緒についていきたいと言った。

「俺は、行きたい」

「ガイアス、危険かもしれないよ？」

「……それはレルンダも一緒だろ。どれだけ役に立てるか分からないけど、俺も行きたい」

ガイアスは真剣《しんけん》な目で私を見ている。ガイアスは何を言ってもついてくるような気がした。そう思ったのは私だけではなくて、ドングさんたちも一緒だったのだろう。

そんなわけで、ガイアスも交渉の場に向かうことが決まった。他に、ひとまずフレネは連れて行くことになっている。

あとは、エルフ側から一人連れて行くことになった。エルフの村で私とランさんを住まわせてくれていたウェタニさんが一緒についてくることになった。ロマさんがあちらに捕まっている以上、こちらに敵意がないことを示す必要があり、なおかつ戦力としても問題がない面子《メンツ》ということでそうなった。

「交渉したい」と言っているということは、私たちを問答無用でどうこうしようと考えているとは思えない。ならば、どうにかなるはず。ううん、どうにかしてみせる。

――私が彼らを助けてしまったことから始まった。私があの時、助けなければこんなにややこしいことにはならなかった。私が――村があるってことを告げなければこんなことにならなかった。私が招いてしまったことだから、自分の手でどうにか折り合いをつけたい。

「ランさん、私、何を気をつけるべき？」

「捕まらないようにすること、ですかね、一番は。フレネも一緒にいるのならば大丈夫だと思いますけれど、気をつけてくださいね」

「うん……」

「何が正しいか、未来がどうなるかなんて誰にも分からないのですから、貴方の思うように動いてみてください。その結果、どのようなことになってもそれは貴方だけの責任ではありません。私たちで受け止めていかねばならない責任です」

「うん」

「あの者たちのことのきっかけは貴方だったかもしれない。でも、彼らがこのあたりにいるのならば、いずれ接触することになったでしょう。たまたま貴方がきっかけになって、今事態は動いている。でも、誰だってきっかけになる可能性があった。そして貴方だけにそのことを背負わせようなんて思わない。だからレルンダはやりたいようにやってください。もちろん、考えて動かなければならないのはありますけど、貴方が選んだ先でどんな結果が待っていても私たちはちゃんと受け止めますから。貴方が間違えたら叱《しか》りますから、貴方がやりたいようにやっていいんですよ」

ランさんは、私の背中を押《お》してくれる。交渉なんて場に行くことへの不安とか、私が招いてしまったから頑張《がんば》らなきゃとか、そういう気持ちでいっぱいになっていることに気づいてくれている。

「……私、ロマさんを、助ける」

「ええ」

「絶対に、死なせない」

誰も失いたくない、誰も死なせない。それは難しいことかもしれない、でも――。

「私は、それが目標」

誰かがいなくなるのは嫌だ。そう思っているから。

怖いという気持ちはあるけれど、私は自分の行動に責任を取る。私はロマさんのことを助けてみせる。

そんな決意を胸に、私はガイアスとウェタニさんとフレネと共に、指定された場所へと向かった。

指定された場所に向かえば、あたりを警戒《けいかい》した様子の彼らと対面した。

私が彼らと対面するのは、最初に助けた時以来だった。あの時は五人しかいなかったけれど、この場にはあの時以上に多い――十人の人間がいる。他の民族の人たちはここには来ていないようだ。

彼らの中にはやせ細っている者も多くいて、やはり食事がきちんととれていないのだと思う。

それを思うと同情心が湧《わ》く。でも――可哀想《かわいそう》とか、そういう気持ちで安易に行動してはいけない。

彼らは私たちが少人数でちゃんと来たことにほっとしている様子だった。

ロマさんは？　と思って、私はロマさんのことを捜《さが》す。どこにいるのだろうかときょろきょろするけれど見つけられなかった。

「レルンダ、ひとまず交渉が先だよ」

フレネに横から声をかけられて、きょろきょろするのを一旦《いったん》やめる。そして私は彼らと向き合った。彼らは私たちを――ううん、私に一番視線を向けている。私が人間だから？　それとも、私が最初に彼らと出会ったからだろうか。分からない。けれど、私に興味を持っているということは、それだけ交渉がしやすいということではないか。

私は、拳《こぶし》をぎゅっと握《にぎ》る。だけど、彼らから視線をそらすことはしない。

それが私の、ロマさんを絶対に助けるんだという決意の証《あかし》とも言える。

「――ロマさんは、無事？」

私は先に口を開いた。

「それは貴方たちの返答次第《しだい》だ」

彼らの長《おさ》だろうか、その場の誰よりも顔の模様が派手なおじさんが口を開いた。

「――俺たちをお前たちの村に住まわせてくれ」

彼らが交渉として、何を言うのだろうかという不安はあった。長であるおじさんが口にしたのは、私たちの村に住まわせてほしいという言葉だった。

私たちが何不自由なくこの森の中に住んでいるからこそ、その恩恵《おんけい》を受けたいということなのかもしれない。彼らも、生きるために必死なのだ。

——だからこその要望。だけど、その要望はすぐに頷けるものではない。

でも、断ればロマさんがどうなるか分からない。これは交渉という名の脅《おど》しである。それを実感する。ここでなんと答えるのが一番いいのかが分からず、私は黙《だま》っていた。——おじさんは、私に向かって話しかけている。他でもない私に向かって。

「人質《ひとじち》を取っておいて、一番弱そうなレルンダと交渉をしようなんて卑怯《ひきょう》」

フレネが隣《となり》で怒《いか》りをあらわにしている。その声は、この場で私にしか聞こえていないので、他の人は反応を示さない。確かに卑怯なのかもしれない。私を含む数名でグリフォンたちも連れてこないようにという条件で交渉の場を設けて、しかも人質まで取っている。でも、それは彼らが疲弊している証拠《しょうこ》なのだ。

「こんな弱そうな三人、捕まえるか殺してしまえばいい‼」

そう叫《さけ》んだのは、彼らの中でもまだ年若い男の人たちだ。彼らは「やめて！　助けてくれた人にそんなことするなんて」と必死に止められていた。

あ、あの子私が助けた子だ。止めている側に私が助けた男の子もいた。

「そんな綺麗《きれい》事を言ったって、こちらは人質を取っているんだ！　何人捕まえようと一緒だろうが‼」

「そうだぞ！　俺たちは他人のことを心配してなんていられないのに――」

止められている側の男たちはそんなことを叫んでいる。

私と直接的に話していたおじさんは難しい顔をしている。人質を取る、という行為は彼らにとっても本意ではない。

私たちの村は民族に関わらないのが一番だという選択をした。それは極端《きょくたん》な選択だ。彼らを遠ざけることを望んでいた。

関わらないのが一番だった。

でも私が関わってしまった。その結果がこれだ。

でも助けなかった方がよかったとは、思わない。

助けなかったら、彼らのたった一つしかない命は失われてしまって、こうして彼らが二度と口を開くこともなかった。

生きてさえいればどうにでもなる。死んでしまえば、それで終わり。死んでしまった人には二度と会えなくて、二度と会話は出来ない。

――だったら、私はどうしたらよかったのだろうか。

頭の中がこんがらがる。どういった選択が私にとって正しかったのか、村にとって一番いい選択になったのか。それは私にとって難しい問題だった。

「……私を捕まえる、殺す、それは無理。私、反撃《はんげき》する」

獣人の村で暮らすようになった最初の頃なら、私は自分を犠牲《ぎせい》にする選択をしたかもしれない。自分が大変な目に遭ってもいいからって。

——でもその選択肢はもうない。

私は私自身も含めて皆が無事な選択をしたい。

「反撃ってお前たちに何が」

「フレネ」

引き留める者たちを薙《な》ぎ払《はら》ってでも私たちに飛びかかってこようとしている男たちを見て、フレネに声をかけた。ガイアスとウェタニさんも身構えていたけれど、それよりも早く彼らに分かってもらうのが一番だと思った。

それにフレネなら、相手をあまり傷つけずにどうにか出来そうだと思った。フレネはすぐに動いた。

魔力《まりょく》が蠢《うごめ》く。それと共に風がその場に吹《ふ》いた。風が、ピンポイントに私たちを襲おうとしていた面々に直撃《ちょくげき》する。フレネの魔力操作は凄《すご》い。私がやったら周りの人にもあててしまいそうなのに。

精霊《せいれい》って、本当に凄いなと思った。

「私、やろうと思えばいつでも貴方たちを、どうにでも出来る」

——だから、もう向かってこようとしないで。そんな気持ちを込めて私は告げる。

「私、貴方たちと敵対したいわけじゃない。貴方たちのお願い、全面的には聞けない。でも貴方たちとずっと関わらないでいるのが無理なの、分かる。だから、貴方たちと一緒に歩めるように頑張る。私の答え、それでは駄目？」

一生懸命考えて言葉を紡《つむ》ぐ。

ロマさんが人質に取られているのは確かだ。でも、だからといってお願いを全部聞くという態度ではいけない。

それに、私たちに襲いかかろうとした人たちがいる一方で、それを止めようとする人がいるのもあって根から悪い人ではないと思う。それに私たちを捕まえようとしている人たちだって、切羽詰《せっぱつ》まっているからこそそのような選択をしようとしているのだろう。

「それは……どういう風にだ？」

「まだ、分からない。私一人で決められることでもない。だけど、決して貴方たちの悪いようにはしない。……もちろん、貴方たちがロマさんの無事を約束するなら、になるけど。私たち、貴方たちを関わらせないようにしようと考えてた。でも、一緒に歩める道を探すから」

この人たちを見捨てたいと思っているわけでもなく、排除《はいじょ》しようと考えてもいない。

――ならば、私たちと彼ら、両方が妥協《だきょう》出来る道を探したいと思った。探せるかは分からないけど、探したい。

村に住まわせるということは出来ない。だけど、妥協することは出来る。

「分かった」

私の言葉に、おじさんは頷いてくれた。

◆

あの不思議な民族の人たちは、村の近くに住むことになった。そして、少なからず交流を持つことにした。それが、私たちが出した結論だ。

ドングさんやシレーバさんたちやランさんとも話して、彼らと関わることに決めた。どちらにせよ、ロマさんのことがなかったとしても村の周辺に住まうのならば関わらずに過ごすことは出来ない。それもあってこの妥協は村の総意で認められたことだった。

近くに住むことを許可し、拠点《きょてん》を作る場所を共に決めた。そして、一部であるが拠点づくりの手伝いもした。

不思議なことに、村の近くに住まっている彼らは、私たちの村へ来ようとしても相変わらずたどり着けないようだった。ランさんは私のおかげだと再度言っていた。少なからず村の皆のためになれているなら嬉しいと思う。

ロマさんのことを彼らはすぐに返してくれた。

ロマさんが帰ってきてから分かったことだけど、ロマさんは自分から「人質になる」と言ったそうだ。ロマさんは私たちの目を掻《か》い潜《くぐ》って民族と仲良くした。そして彼らに同情して、助けたいと思ったそうだ。

ロマさんは……自分が人質になったことにも悪気がない様子で、「なんでたくさんあるのに食べ物をあげないんだ」とそんな風に言っていた。

ドングさんたちは、苦渋《くじゅう》の表情を浮かべて、ロマさんに罰《ばつ》を与えていた。こういうことはきちんとしておかないと、またロマさんが自分から人質になるかもしれない。

でも、罰を与えてもロマさんは彼らに対して愛着を持ってしまっているのか、彼らのことを助けたいという気持ちがいっぱいで仕方がないらしい。

——余裕があるから、そんな思考に陥《おちい》る。いつ、私たちも上手くいかなくなるか分からない。だけど、今は上手くいっているから——、ロマさんのように行動しようとする人も出てくるんだって。

そういえば民族の中には、私たちに対して様々な考えを持っている人がいるらしい。私に助けられたと感謝している者、感謝の気持ちなど一切《いっさい》なく私たちから村を奪おうとしている者、そしてとにかく安全に暮らしたいと交渉に前向きな者。

私たちを人質にするべきだなどと恐ろしい発言をしていた男たちのことを、敵対しないと決めている人たちがきちんと見張ると宣言していた。あの恐ろしい発言をしていた男たちがフレネが言っていた、私たちの村を奪えばいいと考えている人たちらしい。民族も、一つにまとまっているわけではない。人がそれだけいれば色々な考え方を持つ人が出てくる。

そういうものなのだ。

……一番は皆で仲良く出来るのがいいと思う。でもそんな簡単に皆で仲良くするなんて出来ないのだ。私たちの大切な場所を守るためには、全部を抱《かか》え込むことは出来ないのだ。そう考えると私は無力なのだと思えた。

「――ロマがまたこういう問題を起こしたら、村のためにも捨て置かなければならなくなるかもしれない。もちろん、皆で俺たちの目標を叶えたい。だけど――自らの意思に反して捕らえられているのならば助けるが、自分からそういう厄介《やっかい》事を起こしてあの者たちの元へ行くのならば、俺たちだって庇《かば》えない」

「それは……」

そのオーシャシオさんの言葉は、悲しかった。悲しかったけれど、仕方がないことだというのは分かる。もし、ロマさんのことを放っておけば、せっかく上手く軌道《きどう》にのってきている村全体を諦《あきら》めなければならないかもしれない。

「民族が近くに住む状況で、このままここに住んでいてもいいのか？　安全のために別のところへ移動するか？」

そんな意見も出た。

「精霊樹《せいれいじゅ》を植えたのに、ここから移動出来るはずもなかろう」

しかしその意見はシレーバさんたちに却下《きゃっか》された。

だから、村を守るためにロマさんを追放することになったとしても、それは仕方がないことなのだ。――頭では理解出来る。

「限度、というものがある。今度、ああやって問題行動を起こしたらもうどうしようもない」

「……うん」

私は、オーシャシオさんの言葉に頷いた。横には、おばば様もいる。

「ロマが民族の方を選ぶのならば、私たちにはどうしようもない」

ロマさんのことを可愛《かわい》がっている、おばば様もそんな風に言った。

「私たちとロマは同じ村で過ごした仲間だ。でも、私たちとロマではそれぞれ違う。考え方も感じ方も。だから、私たちがいくらロマにあちら側に行ってほしくないと望んだとしても、ロマが行くことを決めてしまったらどうしようもないんだよ」

私が悲しそうな顔をしているのが分かったのだろう。おばば様はそう言って私の頭を撫《な》でた。

「……うん」

「でも声をかけることは出来る。私たちだってロマが納得してくれるように説得はするつもりだよ」

そうだ。皆、ロマさんのことを諦めたいわけではない。私よりもずっと長い時間を、オーシャシオさんもおばば様もロマさんと一緒に過ごしてきた。

私よりもずっと、二人はロマさんのことを諦めたくないという気持ちが強いだろう。私以上に諦めたくなくて――だからロマさんと話そうとしている。

でもロマさんは――あの人たちと仲良くなって、あの人たちのことが大事になった。大事なものが増えて、あの人たちのことも助けたいとその思いでいっぱいになっている。

私もロマさんに思いとどまってほしいと思った。だから私はシーフォを連れてロマさんの元へと向かった。

ロマさんはその時、ふてくされたような顔をして広場にいた。ロマさんの様子を心配げに見守っている村人たちもいる。

そんな状況で私はロマさんに話しかけた。

「ねぇ、ロマさん。私も皆も心配してる。ロマさんが、無事で安心してる。だから、あの民族の人たちのことは、皆でじっくり考えよう」

私はロマさんが心配だった。ロマさんのことが大切だから、ロマさんに分かってほしかった。言わなければ伝わらないと思うからこその言葉だった。

だけど、向けられるのは呆《あき》れたような冷たい目だった。

身体がびくりとする。そんな私にロマさんは言った。

「レルンダは、餓死《がし》しそうになったこともないから分からないんだ！」

「……それは」

「レルンダは、神子だとかで危険な目にもあまり遭ったことがないだろう。それじゃあ俺の気持ちもあいつらの気持ちも分からないだろうさ。俺だってあいつらを助けると、ここが大変なことになるかもって分かっているよ。でも俺は――同じように苦労した身としてあいつらのことを放っておけないんだ」

ああ、と思った。

私は餓死――要するに死にそうなほど空腹になったことがない。私はいつも偶発《ぐうはつ》的に食べられるものを見つけられた。

私は本当の意味で命の危険にさらされていない。

――いつだって、なんだかんだで私は無事だ。

誰かから殴《なぐ》られたり、誰かから蹴《け》られたり――そういった肉体的な苦痛も与えられたことがない。だけど、獣人たちは飢饉《ききん》だった時は本当に空腹になっていただろう。何かしら危険な目にさらされてきたこともあるだろう。魔物との戦闘《せんとう》で怪我をしたこともあるだろう。――でも私は何一つ経験していない。

だからこそ、私の言葉はロマさんには届かないことが分かってしまった。

いくら何かを言い募《つの》ったとしても、私は結局民族がどんな風に大変なのか理解出来ていない。どういう状態か頭では分かっても共感することは出来ない。経験しなければ、その痛みは分からない。

――私は、他と違うからこそ今まで生きてこられたのだと思う。でも、他と違うからこそ苦しい。

私はその苦しみを誰かと共有出来ない。

ロマさんの言葉にショックを受けて固まっている私を置いて、ロマさんはその場をあとにしてしまった。

◆

それからしばらくして、ロマさんが村からいなくなったと聞いた。恐らくあの民族の人たちのところへ向かったのだと。

結局、私の言葉も、他の皆の言葉もロマさんには届かなかった。ロマさんは納得してくれなかった。

「あの民族のところで流血沙汰《ざた》が起こった」

ロマさんが去って何週間か経過して、民族の住まう場所で流血沙汰が起こった。

流血沙汰が起こってしまったと聞いた時は、頭が真っ白になった。実際にどういうことが起こったのかは、私は直接見ていないから分からない。危険だろうからその現場には行かないようにとドングさんたちに言われた。私は飛び出したい気持ちだったけれど、そんなことをしたらまた村に迷《めい》惑《わく》がかかってしまうから我慢《がまん》した。

ロマさんは大丈夫だろうか。

そして流血沙汰が起こったとはどういうことなのだろうか。不安が募る。

――私の言葉がもっとロマさんに伝われば、ロマさんが飛び出すこともなかっただろうか。私にもっと説得力があれば、ロマさんを納得させられたなら。

「私が……もっと、何か違う言葉をかけてたら……よかったのかな」

私が神子だったとしても、私にはロマさんを思いとどまらせるだけの力がない。不思議な力を持っていても私にはロマさんを引き留めることは出来なかった。

そんなことを考えていることをぽつりと漏《も》らしてしまったら、フレネとシーフォが私の傍に来て言った。

「それは違うわよ、レルンダ。他の人の言葉も届かなかったんだから」

「ひひひーん（自分を責めなくていいよ）」

そう言って、フレネは私の肩《かた》に乗って、頭をよしよしと撫でてくれる。シーフォは私を慰《なぐさ》めるように鼻先を押し付けてくる。

「ひひひひん、ひひひーん（誰の説得でも、止まらなかったかもでしょ）」

そんな風に、シーフォに言われる。

誰の説得でもロマさんは止まらなかったかもしれない。でも――もっと上手く立ち回れたのならばロマさんを民族の元へ飛び出させずにいられたかもしれない。

私は皆と違う部分がたくさんある。――違う、ということで今まで苦しいとかあんまり考えたことがなかった。

生まれ育った村にいた時は、周りに対してそこまで関心がなかった。

獣人の村にたどり着いて、エルフたちと出会って、皆が優しいから〝違う〟ってことで苦しいと感じることがなかった。

でも今は、苦しい気持ちがある。

「……皆と、違うの苦しいね」

でも、もし皆と違う部分がなければ私はとっくに餓死していただろう。私はあの生まれ育った村で、誰にも助けられることなく、たった一人で死んでいただろう。

皆と出会うこともなく、幸せや苦しさを知ることもなく。

それに皆は、私が不思議な力を持っていたからこそ平穏に暮らしていけるんだって言っていた。もしかしたら、そういう違う部分がなければ皆死んでしまっていたかもしれないと。

そう考えると、神子であるか神子でないかは別として、私に皆と違う力があるのは喜ばしいことなんだと思う。――だけど、皆と違うんだなと強く実感してしまって、なんとも言えない胸の苦しさを感じている。

「――人と関わるのは、大変だね」

生まれ育った村ではこのような大変さは感じてこなかった。私はただ生きていただけで、誰かを大切にすることもしていなかった。でも、人と向き合って、人と付き合っていくことは大変なんだと改めて実感をする。色んな考えを持つ人たちがいて。私の願いは皆で仲良く過ごせればいいとか、皆で安心出来る場所を作りたいということだけれど、それは難しいことなんだ。

——笑い合っていた人と笑え合えなくなることもある。いくら言葉をかけても共に歩めないこともあるんだ。

それを、私は実感している。

ロマさんやあの人たちの場所で起こったことがどういうことなのか不安になって、ただ私はシーフォにもたれかかる。不安が強かった。ただ、予感としてロマさんはもう戻《もど》ってこない気がした。

——そしてその予感はあたっていた。

◆

「おい、ロマ、こっちだ」

俺は制止するレルンダを振《ふ》り切って、民族のところへやってきた。

ドングさんたちも母さんたちも——民族の連中のことが危険だと、上手くいきかけている村に悪影響を及《およ》ぼすと言っていた。俺だって、それをちゃんと分かっている。

皆で安住の地を探そうと誓い、そしてようやく見つけた。皆で村を一から作り上げていく日々は、俺にとって充実《じゅうじつ》していた。

俺は同じ獣人の皆のことを大切に思っている。でも、俺は他の皆みたいに困っている人を放っておけなかった。でも、流石《さすが》に村全体を巻き込むというのは俺には出来なかった。だから、一人でこの場所にやってきた。

「ロマ、これ、おいしいよ」

「ロマ、ありがとう」

村から持ってきた食べ物を民族は喜んでくれた。これで飢《う》えて死なずに済むと嬉しそうだった。

それに俺は獣人の村の中でも力仕事が得意な方だったから、人間しかいないこの村で俺は大いに暮らしの役に立つことが出来た。

ありがとう——と言われることが嬉しかった。このまま死んでしまうかもしれないほどに衰弱《すいじゃく》していた人たちが、俺が狩ってきたものを食べて喜ぶのを見て、俺はこれからこの人たちを救う事が出来るんだと嬉しかった。

皆はとても優しい。そりゃあ、俺のことを捕らえたりはしたけれど、それはあくまで余裕がなかったからだ。自分が彼らの立場だったらと考えると、何がなんでも仲間を守るために手段を選《えら》ばなかったかもしれない。

彼らは捕らわれていた間も俺に酷いことはしなかった。ただ、仲間を守りたかっただけなのだ。

だから、いつか——……何かきっかけがあれば獣人たちも民族の人たちも共に分かり合える。

「おいしいか？」

「うん。ありがとう、ロマ兄ちゃん」

この場で笑い合う、俺と民族の子どものように。


――俺はそんな未来を夢見ていた。


けれど、現実はそんなに甘くなかった。

「ロマ兄ちゃん……、上手く育たなかった」

村から持ってきた種は、上手く育ってくれなかった。俺は力仕事ばかりしていて、畑仕事はあまりしていなかったから栽培《さいばい》に詳《くわ》しくない。とはいえ、あの村では特に何もしなくてもすくすく育っていたように思う。だからここでも、簡単に育つだろうと高を括《くく》ってしまっていた。

「また、次、頑張ろう」

初めのうちはそれでよかった。

けれど、失敗は重なっていく。

「どうして」

「なぜ、こんなにも失敗するんだ」

笑顔《えがお》だった人たちから、笑みが消える。

どうして育たないのか俺には分からなかった。ここと作ったばかりの村は少し離《はな》れているだけだ。

土地の性質もほとんど変わらないだろう。ならば、何が違うのか。――それを考えた時、一人の少女のことが頭をよぎった。

神子だという少女――レルンダ。

レルンダは餓死しそうになったことがないと言っていた。その恩恵をあの村全体が受けていたのだろうか。神子としての力を知っていたつもりだったけれど、俺はきちんと把握しきれていなかったのだろう。

――俺はレルンダの力に守られていたのだ。そう自覚した時、なんとも言えない気持ちになった。だって俺はレルンダに酷いことを言った。レルンダは餓死しそうになったこともないから、俺たちの気持ちは分からないと、そう言い捨てた。そして振り切ってここに来た。

俺は苦しい気持ちを民族の人たちと共感でき、上手くやっていけるのだと自信を持っていた。アトスさんが亡くなって、村を追われてからたくさんのことがあって、その中で俺も成長してきたし、一人前になったつもりだった。

――でも、俺が上手く出来たと思っていた全てにレルンダの影響があるのかもしれない。俺は神子の力というのを過小評価していた。あれだけランドーノさんが神子は特別だと言っていたのに。

「おい、ロマ！　もしかしてわざと悪い種を持ってきたんじゃないだろうな？」

「ロマ！　全然食べ物が見つからないじゃないか！」

レルンダがいた村と同じような平穏な暮らしが、ここでも出来ると思った。だから俺は村にいた時と同じように助言をしていた。

しかし、作物は育たないし、食べ物を探しに行っても見つからない。何もかも上手くいかない。

先日までにこやかに笑いかけてくれていた人が俺に怒鳴《どな》りつける。

自分の助言が上手くいかなかったこともあって、それに謝《あやま》るしか出来なかった。誠意をもって謝ればまた笑いかけてもらえる。何度も試《ため》していけばきっと大丈夫だ。――そう信じていた。


けれど、状況は悪くなっていくばかりだ。

俺が村にいた頃には魔物を見かけなかった場所で民族の一人が魔物に襲われた。

「あそこには滅多《めった》に魔物はいないと言ったじゃないか！」

怒鳴り声が響《ひび》く。獣人の村でもこんなに責め立てられたことはなかった。

どうしたらいいか分からなくなる。ドングさんたちなら助けてくれるだろうか。――でも、ドングさんたちの制止を振り切ってここに来た俺が今更《いまさら》戻ってもいいのだろうか。いいや、俺は自分の意思で村を出たんだ。だから――ネガティブな理由では戻らない。今度ドングさんたちと会う時は、胸を張って、笑顔で会いたい。そして皆で笑い合えるように。


「ロマ兄ちゃん、大丈夫？」

「ロマさん、一人にならない方がいい。あいつらが狙《ねら》ってくるかもしれない」

仲のいい人たちが、心配そうに俺に声をかけてくる。

俺がやってきた当初、持ってきた種や狩ってきた魔物を前に「よくやった」「ありがとう」と口にしていた一部の大人たちが、俺に冷たい目を向けるようになっていたからだ。

――村から奪おうという恐ろしい考えを持っている連中だ。でも彼らだって、俺が来た当初は笑ってくれていたはずなのに。

俺が少し果実を採ってきたり、魔物を狩ってきたりしたぐらいでは納得してくれなくなった。俺が来たことでもっとよい暮らしが出来ると、彼らは信じ切っていたらしい。

俺はまた彼らが笑いかけてくれることを信じていた。こんなピリピリした雰囲気《ふんいき》ではなく、もっと楽しく過ごせる日々がいつか来ると信じていた。

「今まですまなかった。少し話さないか？」

そう言われた時、俺の気持ちが伝わったのだ、これで上手くいくと思った。

だけど、

「お前なんてっ！」

俺が最後に見たのは、ナイフを振り下ろす民族の男たちの姿だった。

これは流血沙汰が起こったということで、様子をうかがっていた猫《ねこ》の獣人の一人から聞いた話だ。

ロマさんは民族と仲良くなって、彼らの元へと向かった。そして笑い合って暮らしていたらしい。

でも、私たちが住んでいる村では作物が順調に育ったり、食べ物を探しに出かければ上手く見つかったり、遭遇《そうぐう》するのは倒せる程度の魔物だったりと問題なく過ごせていたけれども、民族が住む場所はそうではなかった。

ロマさんがこの村から種を持っていき、飢えをしのぐために植えたらしい。でも、それは上手く育たなかったという。近くに住んでいるので同じような環境《かんきょう》のはずなのに、私たちの村では育っても、民族のいる場所では育たなかったのだ。

私たちの村では植えた植物が育つことも、無条件に食べ物が見つかることも、遭遇する魔物が倒せる程度であることも当たり前だった。けど、民族の元では当たり前ではなかった。

私はそんなに違うものなのかと驚いたけれど、一緒に話を聞いていたランさんは「レルンダがいるのといないのとではやはり違うのですね……」と言っていた。

上手くいっている村から人がやってきて、これでこの場所でも上手くやっていけるかもしれないという気持ちになっていたようだが、やることなすこと上手くいかない。

そのことにしびれを切らした、交渉の時に私たちを捕らえようとした男たちが「こんな役立たずなんて」と言ってロマさんを殺したという。

——そしてロマさんを殺した人たちは、私たちに好意的な人たちによって殺されたと。……今、民族はロマさんが殺されてしまったことを必死に謝っているという。こんなことになってしまって申し訳ないと。

私はその話を、現実味のない話として最初は聞いてしまった。——ロマさんが亡くなったというのは、私にとって衝撃《しょうげき》だった。

ドングさんたち大人が彼らを今後どうするのかについての話を続けていたけれど、私の頭の中には入ってきていなかった。

# 幕間　王女と、目覚める姉／教育係の記録　3

私は目の前でベッドに横たわっている少女を見据《みす》える。

アリス。

神子《みこ》とされていた少女をこんなに間近で見るのは約二年ぶりだった。二年前に会った時よりも美しくなっている。

あれから、大神殿《だいしんでん》側を問《と》い詰《つ》めて神子であるとされているアリスが、神子ではないかもしれないという可能性を突《つ》きつけた。大神殿側は、神子を間違《まちが》えて保護してしまったと白状した。恐《おそ》らく神子であったのは、アリスの双子《ふたご》の妹であろうと。神子の両親が双子の妹が神子であるはずがないという独断の下、捨てたのだという。子どもを捨てる、ということだけでも私にとっては気分が悪くなるような話だった。

子どもを捨てたことを隠《かく》して悠々《ゆうゆう》と暮らしていたと思うと、その両親にはなんとも言えない気分になる。

大神殿側は神子が偽物《にせもの》であることを民《たみ》に公表した。大神殿側も神子を偽《いつわ》っていることに対して思うことがたくさんあったのだろう。

大神殿が暴露《ばくろ》をしたあと、第三王子のことを問い詰めると、お父様が死んだ原因を焦《あせ》って自分から口にしたそうだ。私はその場にいなかったから聞いた話だけれども、お父様は第三王子側の勢力によって、暗殺されたのだという。その事実も明るみに出て、表面的に第三王子の勢力を支持する者は急速に減った。第三王子自体も捕《と》らえることが出来たらしい。

——ただ、神子とされていたアリスに関しては様々な意見があった。私は、アリスを生かす道を主張した。なぜなら彼女《かのじょ》はまだ九歳《さい》の少女でしかない。それに、恐らく今までの環境《かんきょう》でこんな風になってしまっただけなのだ。彼女は巻《ま》き込《こ》まれただけと言える。

——アリスが目を覚ましたら、私は現実を分からせようと決意した。今はもう、周りに彼女を守る者はいないのだから。アリスが偽物だと知ると、周りに侍《はべ》っていた者たちは離《はな》れていった。

〝神子〟という尊き存在であるとされていたからこそ、彼女の周りにはたくさんの人がいた。神子と思われていたからこそ、彼女の言うことをなんでも聞いていた。

神子という価値を失った彼女に受けられる目は厳しい。そんな中で彼女が精一杯《せいいっぱい》前を向いて生きようとするならば私は手助けしたいと思う。

この国はまだ不安定なままだ。本物の神子という存在がいたにもかかわらず勘違《かんちが》いで失ってしまった。その事実は変わらない。それに王族の争いは一旦《いったん》収まったものの、王が亡《な》くなった影響《えいきょう》は大きい。加えて神子が偽物だと分かったことで国民が騒《さわ》いでいる。

問題は多く残っている。そんな中で私に何が出来るのか、それは分からないけれど。私が出来る精一杯のことをしたいと思う。

そんなことを考えながら椅子《いす》に腰《こし》かけていると、「んっ」という声が聞こえた。それと同時にアリスの目が開く。

「……ここは」

アリスは目を覚まして、ベッドに座《すわ》り込むとあたりを見渡《みわた》す。なんだか以前会った時と雰囲気《ふんいき》が違うように感じられた。

やはり、彼女自身《かのじょじしん》もこれまでのことで何か思うところがあったのだろうか。

「――貴方《あなた》は」

そして次に私を見て不思議そうな顔をする。私のことを覚えていないのかもしれない。無理もない。私とアリスは一度しか会っていないのだから。

「私はニーナエフ・フェアリー。フェアリートロフ王国の第五王女。貴方とは、二回目の対面になるわ」

「――王女……」

アリスは、やはり以前と違った。わめき散らすことをしなかった。

だから一つの予感がして、私は問いかけた。

「貴方は……もしかして神子ではないことに気づいているの？」

「……やっぱり、そうなの？」

やっぱり、とアリスは口にした。憑《つ》き物《もの》が落ちたように驚《おどろ》くほどに冷静な態度だ。

「ええ。貴方は恐らく神子ではないわ。貴方にも私たちの国は申し訳ないことをしてしまったわ。勘違いで、神子として保護してしまうなんて」

私はそう言って、続けた。

「貴方は神子ではないのに神子として発表されていた。そして好き勝手にした影響で少なからず貴方に対して厳しい意見が出ている。でも私は——貴方よりも間違えたこちらに非があると思っているの。それに貴方はまだ子どもよ。だから、貴方が前に進みたいと言うのならば、手伝いたいと思っているわ」

「……うん」

アリスは、考えがまとまらないようで、ただ私の言葉に頷《うなず》いている。年相応な態度だ。これだけ子どもらしいアリスを見たのは初めてだった。

本人が、自分が神子ではない、特別ではないと気づいてくれているのが本当によかったと思う。これで神子ではないことを理解してくれなければ色々と大変だった。

それから私は、恐らく神子であろうアリスの双子の妹の話をした。

「それで……恐らく神子なのは貴方の双子の妹なのだけれど」

「妹？」

アリスは不思議そうな顔をした。まるで妹という存在を彼女が認識《にんしき》していないとでもいう風なニ

ュアンスの声だ。まさか、家族でありながら双子の妹を認識していないなんてことがありえるのだろうか。

「――ええ、貴方には妹がいるはずよ。同じ年の。茶色い髪《かみ》の少女だという話だけど、心当たりはない？」

「アレの、こと？」

アリスは驚いたように言った。

「アレ？」

「うん。お母さんとお父さんがよくアレって呼んでた存在。私の家にいて、私は時々姿を見るぐらいだった。アレをお母さんもお父さんも私に近づけようとしてなかった。アレは私と正反対の暮らしをしていた。そんなアレが……私の、妹？　家族？」

アレ、と口にしてアリスは驚いて仕方がないという顔をする。こちらもそれに驚く。

アリスと、神子様。二人の両親は、少なくともアリスに双子の妹がいることが分からないぐらいの態度を示していたようだ。

双子で、家族。

なのに、ほとんど関わっていなかったという言い草で、アリスはその存在が神子であることよりも、まず妹で家族であることに驚いていた。

「ええ、名前は――レルンダと言うらしいわ。大神殿の者が貴方の親から聞いたそうよ」

「……レルンダ。アレは、そんな名前、なのね」

「そうよ。そして、その子が恐らく神子と呼ばれる存在だわ」

「レルンダ……。私の妹。……双子の妹。アレが、私の家族。……そして、神子」

アリスは確認《かくにん》するように、その事実を口にするのだった。

◆

『神子に関する記録』
記録者：ランドーノ・ストッファー

私たちは新たな地に到着《とうちゃく》した。新しい土地での生活は作物もよく育ち、魔物《まもの》の脅威《きょうい》にさらされることもない。そもそも道中に誰《だれ》も死ななかったことは一種の奇跡《きせき》であると言えるだろう。

そのこともあって私はやはり、レルンダは神子であると確信している。

レルンダは、現在グリフォン、スカイホースに加え、風の精霊《せいれい》とも契約《けいやく》を交《か》わしている。

そして『神子の騎士《きし》』と呼ばれる祝福を二例も引き起こしている。

一つはグリフォンのレイマー。

もう一つは、獣人《じゅうじん》の少年のガイアス。

ガイアスの変化は、耳と尻尾《しっぽ》の色が茶色から銀色になったこと。そして魔力《まりょく》を感じやすくなったことだと聞いている。

しかし、恐らくそれだけではないだろうと考えられる。ガイアスがどのように変化を遂《と》げていくかも記録していかなければならない。

『神子の騎士』がどのような条件で祝福が与《あた》えられるか、そして祝福が与えられた存在がどのように変化していくか。それは神子の研究者として興味深いところである。

ただ神子は無限に祝福を与え、『神子の騎士』を生み出し続けられるわけではないというのは研究からも分かっている。いつか、レルンダが祝福を与えることで悲しいことが起こらなければいいが。レルンダに敵対するかもしれない存在には祝福が与えられない、などという仕組みであれば問題ないが、少しだけ心配になる。

とある民族と関わることになり、狼の獣人のロマさんが亡くなってしまった。その民族もミッガ王国から追《お》い込まれたそうだが、やはり異なる種族が共に過ごすというのは難しいことなのだ。獣人たちとレルンダが心を交わせたきっかけはグリフォンたちと契約をしていたからで、エルフたちとレルンダが心を交わせたのは精霊のことが関係する。

しかし、民族との間に深い繋《つな》がりはない。

それにしてもグリフォンたちのようにレルンダのことをすぐに愛した者と、民族のようにすぐにはレルンダに心を許さない者。その違いはなんなのか。それもレルンダがどの神に愛されているかによるのだろうか。

レルンダはこれからどこに向かうのだろうか。どのような人生を歩むのだろうか。

新しい村を作ることは出来た。しかし、ここが私たちにとって安全な場所であるとはまだ言えない。このまま何も起こらずにレルンダの目標を叶《かな》えられる可能性は低いだろう。レルンダとガイアスの望みを叶えていくことは困難な道である。

私たちの目標を叶えるためには、人間たちがいずれこちらを見つけた時に戦わなければならない。私たちは私たち自身を守る力を磨《みが》いていかなければならない。

風の精霊と契約をしたレルンダには風の魔法の適性が高いことが発覚した。

また、グリフォンやスカイホースといった魔物と契約を交わしていることからも、どの神の加護を受けているのかを少なからず予想は出来る。

ただし、まだ明確な根拠《こんきょ》も何もない。レルンダがどの神の加護を受けているか、レルンダが本当に神子なのか、それを証明していきたい。

何か根拠となるものをレルンダに示せれば、レルンダが〝神子かもしれない〟ではなく、〝神子である〟と認めてくれるだろうか。私はレルンダが神子であると思っている。だけど、もしかしたら違うかもしれない可能性は少なからずある。この世に絶対はないのだから。

神子であろう少女、レルンダ。

彼女の足取りを手助けし、見守り続けよう。そして、レルンダが間違えそうな時には導ける存在でありたい。

# 7　少女と、決意

ロマさんが死んでしまったことに私は落《お》ち込《こ》んでいた。だけど落ち込んでいるからと立ち止まっているわけにはいかない。

出来ることを把握《はあく》するために私とガイアスは、大人のエルフと一緒《いっしょ》に村の外に出かけていた。シーフォも一緒だ。

落ち込んでいる私を、ガイアスが誘《さそ》ってくれたのだ。

とはいえ、流石《さすが》に少人数で出かけると問題が起こるかもしれないので、人数多めでだけど。

私たちは森の中にいる。自然を感じると、なんだか穏《おだ》やかな気持ちになれる。このあたりは自然豊かで、私はこの村での生活がとても気に入っている。これから何があるか分からないけど、この場所で過ごしていけたらいいと思う。

「レルンダ、最近落ち込んでいるだろう」

「うん……。私、神子《みこ》かもっていうのに、何も出来なかった」

「ロマさんのことは仕方がなかったんだ。俺《おれ》たちの言葉はロマさんに届かなかった。レルンダだけじゃなくて、誰《だれ》の言葉でもロマさんは止まらなかった」

「……うん」

分かっている。皆《みんな》もそう言っていた。でもなかなか心が立ち直ってくれなかった。

「今回はロマさんを失ってしまうという悲しいことになったけど、ちゃんとその事実に向き合って、こういうことが起こらないようには出来るだろ。レルンダは自分が何も出来なかったと言っているけど、レルンダのおかげで俺たちは助かっているんだ。だから何も出来なかったなんて言うなよ」

ガイアスは私を励《はげ》ますように続ける。

「レルンダが俺のことを凄《すご》いって、俺のおかげだって言ってくれたから、今の俺があるんだ。それと一緒だ。俺もレルンダのことが凄いと思う。レルンダが凄いって言ってくれたから俺は頑張《がんば》ろうって思ったんだ。だから、一緒に出来ることを増やしていってこんなことがもう起こらないように頑張ろうぜ」

「……ガイアス。うん、そうだね……。ありがとう」

ガイアスの言葉に私の心は温かくなった。

私は落ち込んでしまっていたけど、私のおかげで頑張れたんだってガイアスが言ってくれた。私の言葉はロマさんには届かなかったけれどガイアスには届いていたんだって。

ガイアスが一生懸命《いっしょうけんめい》慰《なぐさ》めてくれるから頑張ろうって思えた。

「私に出来ること……神聖魔法《まほう》、風の魔法、身体《しんたい》強化の魔法……あと、契約《けいやく》している皆がいる」

「俺は……今のところ、力が強くなって、身体強化の魔法は多少使えるようになったけど……」

「レイマーも……色が変わって強くなった」

「それだけなのか？　他にも出来るようになったことがあるんじゃないか？」

「どうなんだろ？　レイマーは身体《からだ》、大きくなった。でも、ガイアス、身体は大きくなってない」

私はガイアスと二人で自分たちがどんな風に、何が出来るようになったかという話を始めた。

私に何が出来るか。それをまずは考えて、その後何をしていきたいか、何を目標と定めるかを決めよう。

一緒に森にやってきたエルフは、魔法の練習を必死にしている。まだ、精霊樹《せいれいじゅ》は育っていない。毎日、魔力を込めているけれどもまだ精霊たちは休んでいる。エルフたちが契約している精霊たちもまだ休んでいるままだ。

だけど、そんな状態でも十分に魔法が使えるようになって、強くなりたいとエルフたちは頑張っている。

皆、少しずつ自分が出来ることをやろうと必死だ。皆、立ち止まろうとはしてなくて、私たちの目標を叶《かな》えるために行動しようとしている。

——民族のことやこれからの村のことに不安はあるけれど、皆、前に進もうとしている。

そういうのを見ると、私も頑張ろうという気になる。

私はふと、ガイアスに思ったことを言ってみる。

「ガイアス、魔力、込めてみる？」

「魔力込めて何かなるかな？」

「分からない。でも……魔法、ガイアスも使えると思う」

私の言葉にガイアスは、少しだけなんとも言えない顔をした。身体強化の魔法以外にも魔法が使えるなんて思えないようだった。

私はガイアスは魔法が使えるような予感がしてならないのだけど。

「そうか……ならやってみようかな」

ガイアスは私の言葉にそんなことを言う。そして私の言葉通りに、魔力を込めてみようと目を閉じた。

ガイアスの魔力が、ガイアスの身体を覆《おお》っているのがなんとなく分かる。ガイアスの魔力は、とても温かい。温かい魔力を感じると、嬉《うれ》しい気持ちになる。

ガイアスの魔力が身体の周りを取り巻いていて、その大きな魔力はどんな風に形作っていくのだろうか。どのような魔法になっていくのだろうか。私は、ガイアスが思いっきり魔力を込めたら、何かしらの属性の魔法として形になっていくのではないかと思っていた。

でも、その予想とは違《ちが》った結果が私の視界に入ることとなる。

しばらくして、ガイアスの身体が光った。

私は光ったあとのガイアスの変化に目を見開いた。

そこにいたのは、大きな獣《けもの》だった。大きいとは言っても私やガイアスよりも一回り大きいぐらいの大きさだ。

銀色の毛並みを持つ美しい獣。

――それが、ガイアスであることが私には分かった。

ガイアスが、狼《おおかみ》へと変化した。耳と尻尾《しっぽ》だけが狼であった獣人から、獣の姿へと。

「がうう（何が起こった？）」

恐《おそ》らくガイアスであるその狼は、何が起こったか分からないといった声をあげる。最初にレイマーの変化が起こった時と一緒で、ガイアスの言葉が頭の中に流れ込んでくる。

それにしても獣の姿になったら人の言葉が話せなくなるのだろうか。私には伝わってよかった。

「ガイアス――、狼」

私は、そう告げる。

ガイアスが突然《とつぜん》光って、狼に変化して、一緒にいたエルフもシーフォも驚《おどろ》いた様子で声も出せない。そんな中で私は真《ま》っ直《す》ぐにガイアスのことを見据《みす》えていた。目の前の美しい獣がガイアスだと分かるからこそ、恐怖《きょうふ》は一切《いっさい》感じない。

「がう？　がうぅううがう？（狼？　というか、がうがうって声が出るんだけど）」

「ガイアス、狼になってる。かっこいい」

「がう？（え）」

ガイアスが視線を動かす。ようやく自分の身体が見えたのだろう。

「がうがうがう！（俺、狼になってる！）」

「うん、綺麗《きれい》な狼」

ガイアスの身体をまじまじと見つめて、なんて美しく気高い狼だろうと思う。私はこんなに綺麗な狼を見るのは初めてだった。なんだか今すぐにでもその毛並みを思いっきり堪能《たんのう》したい衝動《しょうどう》にかられるけど、我慢《がまん》する。

いきなりもふもふして、初めて出会った時のようになっても困るもんね。

「ガイアス、出来ること増えた。よかった」

「がうがうがう（ありがとうな、レルンダ）」

「なんで、お礼？」

「がうがうがうがう（俺が狼になったのはレルンダのおかげだろう）」

私が願って、変化した結果ではあると思うけれどお礼を言われるようなことなのかというとぴんと来なかった。

「レ、レレレルンダ。その狼、ガイアスなのか？」

「うん、そう。ガイアス、魔力で変化した」

「凄いな……」

エルフは呆然《ぼうぜん》としながらもそんな声をあげる。身体が少しだけ震《ふる》えている気がする。狼になったガイアスを見て怯《ひる》んでいるようだった。

「ひひひひーん（ガイアスの纏《まと》ってる魔力凄い）」

「そう？」

私はそんな風に感じられないけれど、狼になったガイアスの纏っている魔力は、シーフォ曰《いわ》く凄いものらしい。周りの生物が恐れて近寄ってこないレベルなんだとか。

うーん、と思う。

私にはガイアスの纏っている魔力がとても心地《ここち》よくて安心出来るんだけどな。

「ガイアス、人の姿に戻《もど》れる？」

私は、獣の姿になれるようになったガイアスが人の姿に戻れるのだろうかと不安になって問いかける。

「がうがうがう（やってみる）」

そうガイアスが言って、しばらくすると元の獣人の姿へと戻った。

獣人の姿に戻ったガイアスは、座《すわ》り込む。

「ガイアス⁉」

突然、倒《たお》れるように座り込んでしまったガイアスに驚いて私は近づいた。ガイアスの顔色はあまりよくない。

「どうしたの」

「狼になるの、魔力を凄く使うみたいだ……。戻ったら凄く疲《つか》れた」

「そうなんだ……」

頷《うなず》いてから、狼になるって凄いことだと改めて思った。人が獣の姿に変わるなんて普通《ふつう》ならありえないことだ。そのありえないことを、ガイアスは起こした。それだけのことを起こすのにたくさんの魔力を使うのは当然と言えば当然のことだろう。

それにしても狼の姿になるのは予想外だった。私はガイアスも何かしら属性魔法が使えるようになるのではと思っていたから。

「シーフォ、ガイアス、乗せる。いい？」

「ひひひん（いいよ）」

魔力切れを起こしかけているガイアスを見て、一旦《いったん》村に戻るべきだろうと思ったのでシーフォにガイアスを乗せた。私はガイアスを支えるように後ろに乗る。

ゆっくりとした足取りで私たちは村へと戻った。

ドングさんやランさんはガイアスの疲労《ひろう》した様子を見て、何があったのかと慌《あわ》てていた。私はドングさんやランさんに、何も想像しているようなことはないと告げる。そして、ガイアスの変身とも言える、狼に変わる事を告げた。

「ガイアスが、狼の姿に……」

「まぁ、そんな変化が……」

ドングさんとランさんはそれぞれ反応を示した。

「俺たち獣人の祖先は……獣の姿に自在に変化出来たと言われていたが……そうか、ガイアスが」

ドングさんはそんなことも言っていた。獣人たちの祖先は自在に獣の姿になれたと言われているらしい。現在で獣の姿になれる者はいなかったのだと。でも、ガイアスが今回狼に変化出来るようになったのだと。

そしてそのことがどれだけこの村に影響《えいきょう》を与《あた》えるか分からないと、そんな風にもドングさんは嬉しそうな顔をして言った。

◆

村に戻ってからずっと、私はロマさんと民族の人たちのことを考えていた。

私は甘《あま》い、ということを理解した。

私はこのままではいけないのだと、そんなことを考えて悶々《もんもん》としてしまう。ドングさんたちが彼《かれ》らのことをどうするか、というのを話し合っている。私はその間にグリフォンたちとシーフォと、フレネと一緒に過ごしていた。

今回、どうしてロマさんが亡《な》くなることになったのか。それは、私が彼らに接触《せっしょく》したことが始まりだ。私は彼らを見捨てるべきだったのかもしれない。考えても仕方がないことが、頭の中を巡《めぐ》っている。

彼らは――決して全員悪人であるというわけではない。

ううん、今まで私が出会ってきた人たちだって皆そうだ。色々な要因が重なってそういうことをしてしまった。

エルフたちだって、私がシレーバさんと話して説得が出来なければ私たちを生贄《いけにえ》に捧《ささ》げていたことだろう。

結果的に私や獣人たちとエルフたちはともに道を歩むことになったけれど、少しでも何かが違えばそうならなかっただろう。

正直なことを言うと、ロマさんを受け入れておきながら、希望通りの結果が伴《ともな》わなかったから排《はい》除《じょ》するという考え方は、私には理解出来ない。でもそういうことを出来る人たちが世の中にはいるんだって、そう思った。私には想像も出来ないことをする人たちが世の中にはたくさんいる。そのことも含《ふく》めて、これからのことを考えなければならない。

ロマさんが亡くなってしまったことが悲しい。もう会えない。死んでしまったということはもう話すことも出来ない。それが悲しい。喪失感《そうしつ》が私の心にある。ぽっかりと、穴が開いたような気持ちになっている。

ランさんは、私がいるのといないのとでは違うと言っていた。私は……、自分の力を正しく理解しなければならない。確かに私の中にある他の人とは違う部分――それを正しく知らなければならない。

そして知らないとかではなくて、ちゃんとその力を使わなければならないのではないか。もし、私が正しく他の人と違う部分を知って、その力を正しく示して、上手《うま》く使うことが出来たのならばもっといい結果を引き出せたのではないか。

私は、ルルマーの背に寄りかかってそんなことを思考する。例えば、私が周りにいる家族たちの力を使えば——もっと穏便《おんびん》に済んだのではないか。

「ねぇ……脅《おど》しや実力行使とか、私はしたくない。でも……それをした方がいいのかも」

「ぐるぐるうるるる（難しいことは分からないけれどレルンダがしたようにすればいい）」

「うん……どれが正解か分からない……でもそうした方が、上手くいく気がする」

私は——話し合いでどうにかしたいと思っていた。もし、話し合いが駄目《だめ》だった時の、その先を考えられていなかった。私が出来るその先の選択《せんたく》——、それを考えなければならない。話し合いだけではどうにもならないことがある。だから、ちゃんと私の他の人と違う部分を使おう。きちんと使って、上手くいくようにしよう。

力を使った時に色々言われてしまうかもしれない、でも——何か言われたとしても結果が大事なんだ。

「——頑張る」

悲しいけど、ずっと落ち込んでいるわけにもいかない。それよりも、前に進んでいかなければならない。このまま立ち止まっていても仕方がない。

ただ、亡くなってしまった人たちのことをちゃんと心に留《とど》めていこう。私は誰のことも失いたくないと思っているけれど、全てを守りながら、失わずに生きていくのは難しいんだと思う。

――なるべく、誰のことも失わなくていいように、守れるように、そんな風に願うけれど全ては無理だって思った。

私は自分の力をもっと正しく理解して――そして守るために使う。

私はそう決意する。そして、そのことを皆に言おうと思って私は立ち上がった。


私がドングさんの元へ駆《か》けつけた時、民族をどんな風にするかが決まっていた。

結局このあたりから追い出すことも、彼らを排除することもドングさんたちは選べなかった。

でもこのままでは駄目だということで、彼ら側から人質《ひとじち》を取ることになったらしい。人質、という言葉には忌避《きひ》してしまうけれども……でも、また悪い結果になってしまうことを避《さ》けるために、そういう選択をしたということだろう。

人質は民族側から言い出したことであるようだ。彼らは深く頭を下げていたのだと。

「申し訳なかった。我らの命を差し出すことは構わない。けれど、まだ幼い子どもや女子の命は奪《うば》わないでほしい」

民族は、ロマさんが亡くなるという事件を起こしてしまったからそれだけのことをされても仕方がないと諦《あきら》めているようだ。その目は決意に満ちている。例えこちらがどうなっても構わないとその目は語っていた。

まだ年若い子どもが人質としてこちらに来ることになった。子どもだけは助けてほしいと言いながら、どうして？　と思ったが、どうやらその子どもは民族の中でも特別な存在らしい。その特別な存在を差し出すからこそ、許してほしいのだと。

人質の女の子――フィトちゃんは、神と交信が出来るという。実際どうなのかは聞けていない。私は、神子かもしれないと言われているけれど神様と交信が出来るわけではない。私もいつか、そういうことが出来るようになるのだろうか。

人質には自由はない。この村の場所を知らされたり、探《さぐ》られたりしても困るため、心苦しいけれども囚《とら》われの身といった生活になるだろうということだった。

そうまでしなければこの村を守ることは出来ないのだ。私たちは、ううん、私は弱い。もっと強くなるまでは、村の基盤《きばん》が整うまでは、望んでいなくてもそんな風にしなければならない、ということなのだ。

それに加えて、私は契約している家族たちに民族をもっと大々的に監視《かんし》してもらうことにした。それは、いつでも彼らのことをどうにでも出来るという威嚇行為《いかくこうい》でもある。

捨てられてから様々な経験をすることがなければ、そんな行為は出来ないと言ったかもしれない。現実の厳しさというものを知らなければ、私はこんな風な考えにはなれなかっただろう。

私はその日も、祭壇《さいだん》の前でお祈《いの》りをした。頑張ろうと決めた、その決意を神様に伝えた。私の選択や、私の行動は合っているのだろうか。そんな不安がある。

神様にお祈りをすると、返事は返ってこなくても、心が落ち着いていくのが分かる。気持ちを吐《は》き出《だ》せる場所があるっていいことだなと思った。

そういえば、このお祈りをする場所は「レルンダの祭壇」と他の人が言っていて、ちょっと定着してしまっているらしい……。ここでお祈りをしているのは私だけだからというのもあるのだろう。

他の場所は「グリフォンの祭壇」や「精霊の祭壇」と呼ばれている。お祈りする相手はそれぞれ違っても私たちは共に生きている。それは私たちが、自分たちがお祈りしている存在以外を認めないという考え方をしていないからとも言えるだろう。

——民族は私たちに人質を差し出した。対等な関係ではない。

しかし、可能性がゼロではないのならば、敵対するのではなく共に歩んでいきたい。そう願っている私は甘いのかもしれない。

それでも、出来たら皆で仲良くしたい。現実を知った上でも私はやっぱりそう願ってしまう。どれだけその道が厳しいとしても、それが私にとっての願いである。

ランさんが紙を少しずつ生産している。それでノートを作ってもらった。

そのノートに私は亡くしてしまった人の記録を残すことにした。

亡くなってしまった人のことを、心に留めておきたいから。

そして、この村の中でもちゃんとしたルールが少しずつ増えてきた。今までなんとなくで決められていたものにきちんとしたルールを作る。もしルールが出来ていればロマさんがあんな真似《まね》をしなかったかもしれないから。ルールを破った場合は罰《ばつ》が与えられる。ルールはきちんと守らなければならない。

それは私たちが集団であるからこそ必要なことなのだと思った。集団の数が少なければ互《たが》いに気を使い合うだけでどうにかなった。例えば、私やグリフォンたちだけならルールはなくても上手くやってこられた。

でも、一緒に暮らす仲間の数が多くなってきた。私たちが私たちの場所を守るためにも、そういうものを決めていかなければならない。

難しい話だけど、難しいからといって考えないという選択肢《せんたくし》はない。考えることを放棄《ほうき》して逃《に》げてもきっとどうにもならない。そう思うからいくら難しいことでも学んでいこうと思う。

これからも私たちは、多分、完全に見捨てるということは出来ないと思う。だからこそ、もしかしたらこれからももっと人との関わり合いが増えていくかもしれない。私たちの仲間が、増えていくかもしれない。

今回、私たちは上手く対処出来なかった。私は自分の力を上手く使っていこうと決意も出来ずに、ロマさんを失ってしまった。

もし、また違う人たちとの初めての接触があるのならば、もっと上手く付き合っていけるようにしていきたい。ううん、絶対にしてみせる。

そう私は決意している。

失わないために厳しくあることは、これからのために必要なことなんだって私は今回のことから学んだ。

——人質として過ごしている子はとても大人しくしている。グリフォンたちが見守っている中で、残った民族はただ生活を営んでいるらしい。私は直接見てはいないけれど、契約している家族がそう言っていた。

私たちは彼らと交流を持ちながら、少しずつ、彼らという存在を知ってきている。そして彼らも、私たちについて少しずつ知ってきているだろう。彼らがこの場で過ごしていけるように手助けをし、彼らも私たちに対して感謝の気持ちを込めて収穫《しゅうかく》出来たものなどをこちらに渡《わた》してくれたりもする。

流血沙汰《ざた》が起こったとは思えないぐらい、私たちと彼らの間の時間は穏やかに流れていた。でもそれは私が契約をしている皆が彼らを見張ってくれている結果だと思う。もしそういうことをしなければ彼らとこんなに穏やか時間を過ごせていなかったかもしれないのだ。

それを思うと、一つの決意が私の胸に浮《う》かんだ。

「ねぇ、ランさん」

私はランさんの元へ行く。私の決意が間違っていないのかを聞いてほしくて。

「私はまだ未熟。分からないこと、たくさんある。でも——頑張りたい。ちゃんと、向き合う。私は神子かもしれなくて、他と違うこと、ちゃんと自覚する」

私がそう言ったら、ランさんは私のことをぎゅっと抱《だ》きしめた。

「神子というのは、本当に——難儀《なんぎ》な存在ですわ。傍《はた》から見れば特別で、どこまでも幸せな存在かもしれない。だけど、神子というのはそれだけではないのですね。私はレルンダの傍《そば》にいて、そのことをより一層実感しました。だから貴方《あなた》が本当に神子という存在に向き合っていこうと思うのならば、それは大変なことだと思います。貴方がただ守られるだけではなくちゃんと向き合って知りたいと言うのならば、私はその意思を尊重しますわ。けれども、レルンダ。貴方が他と違ったとしても、私たちにとって貴方は大切ですわ。だから、何か辛《つら》かったりしたら私たちに言ってくださいね。神子の貴方と、普通の人間の私では物事の感じ方も違うかもしれないけれど、それでも言葉を交《か》わして分かり合うことは出来ますから」

優《やさ》しいランさんの言葉。私のことを思って言葉をかけてくれるのに温かい気持ちが溢《あふ》れてくる。

私は神子で、他の人とは違うけれど。それでも話し合って分かり合うことは出来るんだ。そう、私は信じている。伝わらない言葉もあるかもしれないけれど、それでも頑張っていきたい。例え、ロマさんの時のように上手くいかないことがあったとしても前向きに頑張りたい。

「……うん。私、頑張る。皆を守れるように頑張る。——だから、見守ってて」

「ええ、ええ。私にはなんの力もありませんが、レルンダの力になりますわ」

「うん、ありがとう」

ランさんはなんの力もないと言うけれど、ランさんの言葉には私の背中を押《お》してくれる確かな力がある。

私が笑えば、ランさんも笑《え》みを零《こぼ》してくれた。


ランさんと話したあと、皆と一緒に食事をした。今日の食事はガイアスたちが狩《か》ってきた魔物《まもの》と、畑で取れた野菜で作った炒《いた》め物である。

獣人もエルフも、おいしそうに笑い合いながら食事をとっている。私はこの空間が大好きだと思う。皆で笑い合える場所が好きなんだ。

この温かい場所が好きだと思うと、私は思わず口元が緩《ゆる》む。

「がうがう（レルンダ）」

ガイアスは狼の姿でこちらに寄ってきた。

「ガイアス、なんで、狼の姿？」

「がうがうがううう（狩りに行ってそのままなんだよ。慣れた方がいいし）」

ガイアスは狼の姿で狩りをして、そのままの姿で食事をしていたらしい。

「がうがうがう（元気が出たみたいでよかった）」

そして私の顔を見てガイアスは安心したように言った。

確かに私は村づくりが始まってから、中々上手く手伝えなかったり、民族の件で落ち込んでしまっていたりした。あまり前向きに過ごせていなかったと思う。そのことをガイアスは心配してくれていたらしい。

「うん。心配かけて、ごめん。ありがとう。もう、大丈夫《だいじょうぶ》」

「がうがう（それはよかった）」

「私、他と違うって自覚した。だから、ちゃんと考えて、頑張る」

「がうがう（そうか）」

「ガイアスは……私が、他と違う姿にしてしまった」

「がうがうううう（まだ気にしていたのか？　俺はむしろ嬉しいからいい）」

ガイアスはそう言って、その鼻先を慰めるように私にくっつけてくる。

「がうがうううう（この力があるから俺はこれだけ役に立ててるんだから）」

「うん」

「がうがうううう（レルンダの力があったから俺たちは出会えたし、今があるんだから）」

「……うん。そうだね」

ガイアスの言葉に私は頷いた。

「レルンダ、ガイアス！　こっち来なさいよ！」

「ガイアス君、狩りで凄かったんだよ」

ガイアスと話していると、カユとシノミに呼ばれた。

私とガイアスは顔を合わせて頷いて、ガイアスの狩りの様子で盛り上がっている皆の輪の中に入っていくのであった。


私は、もしかしたら神子かもしれない。

私は、もしかしたら特別な力を持ち合わせているのかもしれない。

その、かもしれない思いは日に日に強くなっている。

私には、皆が持っていない何かが確かにある。

それが神子であるからなのかというのは、別にしても。

私は皆が大好きだけど、特別な何かがあるからこそ、皆と同じ気持ちにいつだってなれるわけではない。私の気持ちと、皆の気持ちには差異があるかもしれない。そのことを知った。だからこそ、互いの気持ちが重ならなかったとしても話し合いをしていきたいと思う。

神子かもしれない力を磨《みが》き続けることも大切だけど、大事な皆を失わずに済むように、今回のことを教訓にしてもっと皆の気持ちを知っていきたい。

今回、私の言葉はロマさんの心には伝わらなかった。だからって、これからを諦める理由にはならない。

人同士の関わり合いも難しい。それでも私は皆を守るために、もっと色んなことを考えて、もっと出来ることを増やしていきたい。

そう、思ったんだ。

# 終章

暖かな日差しの下で、少女が笑っている。

そこは、新たな住処《すみか》とした出来たての村。

その村には、様々な者がいる。

契約獣《けいやくじゅう》であるグリフォンやスカイホース、風の精霊《せいれい》。少女はたくさんの存在と契約を結んでいた。

そしてその村には、獣人やエルフといった種族がいる。

身体《しんたい》能力が高く、獣《けもの》の耳と尻尾《しっぽ》を持つ獣人。

魔法《まほう》を使うことが得意で、とがった耳を持つエルフ。

その二つの種族と共に、少女は暮らしている。

その村は、住処を追われた彼《かれ》らがたどり着き、新しく作っている村だ。だからこそ、それぞれの種族の特徴《とくちょう》的な家が並んでいる。

何よりも特徴的なのは、村の中心部に植えられた精霊樹《せいれいじゅ》。

エルフたちにとって特別なその樹は、少女の手によって少しずつ回復の兆《きざ》しを見せている。一日見て特別だと分かるその精霊樹は、この村のシンボルである。

生まれた村から捨てられ、獣人たちと出会い、その場所も追われ、エルフと出会い、魔物《まもの》退治をした。そして安住の地を求めて、この地にたどり着いた。

新たに接触《せっしょく》することになった不思議な刺青《いれずみ》を顔に刻んでいる民族と、これから少女がどのように関わり合っていくかは分からない。人質《ひとじち》として村にとどまる少女はどこまでも静かである。

——少女は、様々な経験をしている。そしてその経験をした上で前に進むことを選んだ。その少女がどんな人生を歩んでいくかは、誰《だれ》にも分からない。

ただ、空だけが、いつも少女を見守っている。

書き下ろし短編

# 幼き日を夢見る

新天地にやってきて、しばらく経《た》った。

少しずつだけど、この場所での生活も安定してきている。ランさんと一緒《いっしょ》に住んでいる家で目を覚ますのにもすっかり慣れてきた。

「おはよう」

「あら、おはようございます。レルンダ」

私が目を覚ました時、ランさんは先に起きてせかせかと動いていた。近くの川から引いてきた水で顔を洗う。ランさんは新天地にたどり着いてから、この村を整えていこうとドングさんと話し合いをしていて、忙《いそが》しそうだ。

「ぐるぐるるるっるるる～」

「ぐるっぐるるるる」

グリフォンたちの鳴き声が、外から聞こえてきた。私のことを呼んでいるようだ。

「おはよう」

声をかけると、私を呼びに来た子グリフォンたちは嬉《うれ》しそうに声をあげている。

相変わらず可愛《かわい》いなと、その身体《からだ》へ手を伸《の》ばして撫《な》で回せば、気持ちよさそうに子グリフォンたちは鳴いた。

「ぐるぐるるる（ご飯食べよう）」

「ぐるるるるるる（もう準備出来てるって）」

どうやら広場の方で朝ご飯の準備が出来ているらしい。私と一緒に食べたいからと先に食べることをせず呼びに来てくれたようだ。

「ランさん、ご飯、出来ているって」

「そうですか。では行きましょう」

広場に向かうと、大好きな皆《みんな》が集まっていた。

「おはよう、レルンダ、ラン」

「ようやく起きたか」

ドングさんやシレーバさんなど、その場にいた皆が声をかけてくる。

まだ回復していない精霊樹《せいれいじゅ》を囲みながら私たちは食事をとる。シレーバさんたちは精霊樹に一礼をしてから食事をとり始めた。精霊樹の精霊たちはまだ回復していないから、はやく回復してくれたら嬉しいなと思う。

今日の朝ご飯は、昨日ガイアスが狼《おおかみ》の姿で狩《か》ってきたという魔物《まもの》の肉を使ったものだ。ガイアスは狼の姿に変化出来るようになってから、前より狩りが得意になっているのだ。

「このお肉、ガイアスが狩ってきたんでしょ。凄《すご》い」

「ありがとう。レルンダ」

ガイアスは私の言葉ににこにこと笑った。

ガイアスが笑ってくれると嬉しいなと思う。嬉しそうに笑うガイアスの尻尾《しっぽ》が揺《ゆ》れていて、ふふって思わず私も笑ってしまう。

獣人《じゅうじん》の皆はガイアスも含《ふく》めて感情が分かりやすい。やっぱり触《さわ》りたいなって気持ちになってしまうけど、我慢《がまん》だ。

「ガイアス、食事が終わったら、グリフォンたちと一緒に遊ぼう」

「ああ。いいぞ」

村づくりで忙しいけれど、少しずつ生活に余裕《よゆう》も出来ている。だから、やることをやったら遊んだりも出来るのだ。自分の時間というのも大事だもんね。

ランさんも「やるべきことがあったとしても息抜《いきぬ》きは重要ですからね」と言っていた。やらなきゃいけないことがあっても、それをしなければという気持ちばかりになっていたら余裕がなくなってしまうことがあるんだって。

ランさんは忙しそうに村を作るための行動をしているけれど、その合間に自分の趣味《しゅみ》である学ぶこともやっている。私や獣人たちや、エルフたち、それにフレネにも話を聞いて、様々な情報を集めている。紙を生産出来るようになったら、本としてまとめる予定なんだって楽しそうにしている。

皆でわいわいと楽しく食事をしたあとに、契約獣《けいやくじゅう》たちと一緒にガイアスと遊ぶことにした。

「がうがうがううう（で、なんで俺《おれ》を狼の姿にさせたんだ?）」

「狼のガイアスとも、遊びたいから」

そしてあわよくば、触れるならそのふさふさの毛を触りたいという願望もあったりする。獣人の姿のガイアスの銀色でふさふさした耳や尻尾も魅力《みりょく》的だけど、狼の姿だと全身がもふもふで身体を埋《うず》めたいというか、思いっきり抱《だ》きつきたくなる。

レイマーやシーフォたちには抱きしめさせてもらったり、触り心地《ごこち》を身体全体で感じさせてもらったりしているけど、やっぱりグリフォンやスカイホースと、狼のガイアスでは触り心地が違《ちが》うから。

「ぐぐるるるるるる（今日は、何するの？）」

「ぐっるうるるるる（狼のガイアスと一緒に遊ぶ～）」

子グリフォンのレマとルマは嬉しそうにガイアスの周りでぐるぐるるると鳴いている。

ちなみに今、ここにいるのはレマ、ルマ、ユイン、ガイアス、フレネである。他のグリフォンとシーフォは別のことをしていてここにはいない。契約しているとはいえ、私は皆を縛《しば》っているわけではないし、皆にもそれぞれの生活があるのだ。

「これ、投げる」

「がうがうがう（ボールか？）」

ガイアスが言う通り、私が持っているのは小さなボールである。このボールはドングさんが作ってくれたものだ。契約獣たちと一緒に遊べる何かが欲《ほ》しいと頼《たの》んだら作ってくれたのだ。

「うん。これ、投げるね」

「がうがう（おう）」

「ぐっるうるるる（持ってくるよ！）」

「ぐるるるるる（真っ先に取るよ！）」

「ぐるるるるるっる（頑張《がんば》る！）」

それぞれがやる気を見せている。

私はボールを投げる。えいっと力いっぱい投げたけれど、あまり遠くに飛ばなかった。

ころころと転がったボールを、ユインがくちばしで咥《くわ》えて持ってくる。

「ぐるるるるる（取れたよ）」

「ありがとう、ユイン。なんか近くに投げちゃったから、もう少し遠くに投げてみるね」

先ほどは失敗して、近くにしか投げられなかったから今度こそもっと遠くに投げてみるぞと私は気合いを入れる。

よしっと、自分に身体《しんたい》強化の魔法《まほう》をかける。

私の腕力《わんりょく》だとそんなに遠くまで投げられないもの。でも力加減って難しい。どのくらいの力で投げたら丁度いいところに飛ぶだろうか。

そう考えながら「えいっ」と声をあげて、ボールを投げた。

「あ」

今度は、遠くに飛び過ぎてしまった。

村の外の方まで飛んでいったので慌《あわ》ててしまう。そんな私を気にせずガイアスたちはそちらに駆《か》けていった。

おお。凄い勢い。

ガイアスは狼の姿になれるようになってから、前より少し動物的？　な面が強くなった気がする。身体に心が引きずられていたりするのだろうか。私はよく分からないけれど、動物って色んな本能があるみたいだし。

私がそんなことを考えながら待っていると、ガイアスたちが戻《もど》ってきた。

先頭にいるのはガイアスである。ガイアスは尻尾を振《ふ》りながら、口にボールを咥えている。

「がうがううう（持ってきたぞ）」

「ガイアス、持ってきてくれたんだね。ふふ、偉《えら》い」

嬉しそうに尻尾を振るガイアスが可愛くて、思わずその頭を撫で回してしまった。気持ちいい。

「がうがうがう（気持ちいい……って違う！　あんまり撫でるな）」

「え、駄目《だめ》？」

「がうがうがうがうううう（駄目っていうか……偉いって、子ども扱《あつか》いするなよ）」

ガイアスにそんなことを言われてしまった。

ついつい、狼の姿のガイアスは撫でやすくて、手を伸ばしてしまうんだよね。

「ごめん……」

「がう、がうがうがう！（って、そんなに落《お》ち込《こ》むな！）」

しゅんとした私に、ガイアスは慌てたように言う。

「がうがうがうがううう（たまにならいいから）」

「ありがと！」

たまにならいいと、優《やさ》しく言ってくれるガイアスに私は笑いかけた。

「ぐるぐるるるるる（ガイアスもレルンダも仲良し！）」

「ぐるるるるるるるうるる（もっと投げてよー！）」

「ぐるるるるる（投げて投げて）」

ガイアスと話していたら、もっと投げてほしいと子グリフォンたちにせがまれた。それに私は「じゃあ投げるね」と口にしてまた投げるのだった。

◆

「ガイアス、今日はいい天気だね」

思いっきり遊んだあとに、レルンダがそう言って笑う。

その傍《そば》には、子グリフォンたちが控《ひか》えていて、「ぐるぐるぐるるるる」とレルンダに同意するように鳴いていた。俺は狼の姿から獣人の姿に戻っている。

新しい居場所を求めて旅立って、ようやく住む場所が見つかった。

そのことに正直、ほっとした。レルンダと共に皆が安心して暮らせる場所を作るんだと誓《ちか》い合ったものの、まずは自分たちが安心して住める場所を見つけなければならなかったから。

こうして定住地に相応《ふさわ》しい場所が見つかったのも、レルンダのおかげなのだろうか。

「ああ。いい天気だな」

「うん。いい天気だから、いい遊び日和《びより》だった。ボール遊び、凄く楽しかった」

「そうだな」

正直に言って、グリフォンたちと一緒にボール遊びをするのは、子どもっぽいかもしれないが楽しかった。元々身体を動かすのは好きだし、思いっきり身体を動かすことが出来て嬉しかった。でも俺の方が年上なのに子ども扱いをされたことは恥《は》ずかしかったけど。

レルンダはとても楽しそうに笑っている。レルンダがこれだけ楽しんでくれるなら、また狼の姿でレルンダと遊ぼうかなという気持ちが湧《わ》いてくる。

そんなことを考えていると、レルンダが小さく欠伸《あくび》をする。

「お昼寝《ひるね》、しない？」

レルンダはその茶色の瞳《ひとみ》を輝《かがや》かせて、俺に問いかけてくる。

そういう期待するような目で見つめられると、断りにくい。今はやるべきことも特にないし、俺も暖かい日差しを浴びて眠《ねむ》くなってきた。

「ああ、昼寝するか」

俺がそう言って頷《うなず》けば、レルンダは嬉しそうに笑った。レルンダは出会った頃《ころ》より、笑《え》みを浮《う》かべるようになって、そのことが俺は嬉しいと思った。

レルンダが子グリフォンたちと横になったので、俺もその隣《となり》で暖かな日差しを感じながら瞳を閉じるのだった。

微睡《まどろ》みの中に意識はとんだ。

◆

「父さん！　これ、何？」

出会った頃のレルンダよりももう少し小さい俺が、父さんの腕《うで》に抱きかかえられながらあたりをきょろきょろと見回している。

幼い頃の俺は父さんに抱っこされることが好きだった。

誰《だれ》かに抱っこされたり、人と触《ふ》れ合ったりするのはぽかぽかして温かい気持ちになる。

「ガイアス、この木の実はおいしいんだぞ」

「ガイアス、これはな——」

父さんの腕の中は俺の特等席で、他の子どもたちが父さんに抱っこされると俺はすねてたっけ。

おばばには、「ガイアスはアトスが本当に好きだねぇ」と笑われるぐらいだった。

「父さん、母さんはどんな人だったの？」

俺はほとんど記憶《きおく》に残っていない母さんのことをよく聞きたがった。父さんの口から語られる母さんの話が俺は好きだった。

「――母さんはな、とても可愛い人だったよ。ガイアスが生まれることを楽しみにしていた。ガイアスのことをよく膝《ひざ》の上に乗せていたよ」

母さんは俺がもっと小さかった頃に病気で亡《な》くなった。母さんの記憶が俺に残っていないことは残念だけど、父さんは母さんの話をたくさんしてくれた。母さんのことを本当に大切に思っていたことが、父さんの口ぶりから分かった。そして母さんが父さんのことも俺のことも愛してくれていたことが父さんの言葉から分かって嬉しかった。

父さんがいてくれたから、母さんがいなくても寂《さび》しさを感じたことはなかった。

そもそも狼の獣人の村では、人数が少ないというのもあって村全体で子どもを育てる風潮があった。周りにはイルケサイたちだっていたし、俺はにぎやかな幼少期を過ごしていた。

けれど――、

「ガイアス、またアトスさんにべったりなのか。子どもだな！」

「いつも抱っこされていて赤ちゃんみたいだぞ？」

イルケサイとルチェノにそんなことを言われて、俺はむっとした。

その感情のまま――。

「もう、父さんには抱っこされない！　俺は赤ちゃんじゃない！」

本当は抱っこされて色々と教えてもらうのが好きなのに、からかわれることが嫌《いや》で父さんに向かってそう言ってしまったのだ。

父さんは少しだけ寂しそうな顔をして、頷いていた。

それから俺は父さんに抱っこされるのを我慢するようになった。でも癖《くせ》というのは中々抜《ぬ》けなくて、すぐに父さんに抱っこをせがむように手を伸ばしそうになっていた。その度《たび》に幼い俺は「違う！　抱っこは駄目！」みたいに言って、父さんを困らせていた。


「ガイアスや。最近、アトスと一緒にいることが少ないが、親子喧嘩《げんか》でもしたのかい？」

「おばば……違う、喧嘩はしてない」

あれから俺は父さんと一緒にいると、すぐに抱っこしてもらいたくなってしまうから、父さんと一緒にいないようにしよう！　と行動を起こしていた。今まで父さんにべったりしていた俺が急にそんな態度を取るものだから、父さんも戸惑《とまど》っていたし、おばばもすぐに気づいていた。

「喧嘩をしていないというならもっと一緒にいてやるといいさ。アトスもガイアスが近くにいてくれないと寂しがっているのでの」

「父さんが寂しがっている？　……でも」

「抱っこされたくなるかい？」

「なっ、おばば、知ってたのか？」

「知っているとも。私の元にはたくさんの情報が集まってくるからね。ガイアス、子どもは甘《あま》えられるうちに甘えた方がいいんだよ。親というものはいつ、どんな時にいなくなるかも分からない。大きくなってからは抱っこなんてしてほしくても出来なくなってしまうからね。甘えられるうちに甘えて、たくさん思い出を作るといいよ」

おばばは優しい笑みを浮かべて、そんな風に俺に言った。

まだ小さかった俺にとって、甘えられなくなる日が来るとか、親がいなくなるとか、そういうことを言われてもぴんと来なかった。

それでもおばばの言葉は本当だって、そんな認識《にんしき》が強くて――、今度は父さんがいなくなってしまうのではないかと不安になってしまった。

「父さん！」

「父さん、どこ行くの！」

「父さん、俺も行く！」

そんな風に父さん、父さんと口にして、父さんの後ろをひな鳥のようについて回っていた。

でも、俺たちにとっての神様――グリフォン様たちのところへ行く時には連れて行ってもらえなかった。いつも優しい父さんだけど、まだ俺には早いって言って俺は置いていかれた。

「父さんに、置いていかれた……うわあああん」

俺は大泣きした。……今考えると凄く恥ずかしい。けれど、小さい頃の俺は本当に父さんっ子で、何をおいても父さん中心だった。

俺に赤ちゃんみたいとからかってきたイルケサイとルチェノも、「悪かったよ、からかって」と謝《あやま》ってくれた。

「な、なに本気泣きしてるんだ。ほら、涙《なみだ》を拭《ふ》け」

「だ、大丈夫《だいじょうぶ》？」

「ガイアス、泣き過ぎよ！」

「ガイアス君、よしよし」

おばばのところで泣きわめいていたら、イルケサイ、ルチェノ、ダンドンガ、カユ、シノミが俺のことを一生懸命《いっしょうけんめい》慰《なぐさ》めてくれた。皆に慰められて、小さな俺は涙を引っ込めていく。

泣き止《や》んだ俺にイルケサイたちはほっとした顔をした。おばばも「泣き止んで偉いね」と言って頭を撫でてくれた。

今はまだ小さいから駄目だって言われたけれど、いつかもっと大きくなったら、父さんと一緒に神様のところへ行くんだ！　そう俺は決意した。

神様のところから戻ってきた父さんに、「次は一緒に行けるように頑張る」って口にしたら「そうだな。一緒に行けるようにすくすく育ってくれよ」と言われた。

それから少し大きくなって、羞恥心《しゅうちしん》が芽生えるまではずっと父さんにべったりしていた。父さんに抱っこされたがって、父さん父さんって、父さんのことばかり呼んでいた。

「ガイアスは甘えん坊だな」

「俺、父さんのこと、大好きだもん！」

そう口にしたら、父さんは嬉しそうに笑っていた。


「ガイアスは将来、どんな大人になりたいんだ？」

ある時、父さんからそんな風に問いかけられた。

その時の俺は、深く考えずに答えた。

「俺は父さんみたいになりたい！」

俺がそう答えたのは、父さんが俺にとって一番かっこいい大人だったからだ。

父さんは村でリーダーのような立場をしている。

いつも獣人たちの前に立って、皆に慕《した》われていて、本当にかっこいいって思う。そんな父さんのことが俺は大好きだった。

「はは、俺みたいにか」

「うん！　父さんはかっこいいもん」

俺が笑ってそう言えば、父さんも嬉しそうに笑みを浮かべた。

「俺のようになりたいと言ってくれるのは嬉しいけれど、きちんと自分が何をやりたいか考えて行動するんだぞ」

「考えて行動？」

「ああ。この先、どんな未来が待っているか分からない。その時は俺のようにではなくて、自分で考えるんだぞ」

「よく、分からないけど……うん」

正直父さんが何を言いたいのか、幼い俺は理解出来なかった。どんな未来が待っているかなんて聞かれても俺にとっての未来は、この獣人の村で立派な大人になっていくことだから。

父さんはよく分かってない様子の俺の頭を優しく撫でて続けた。

「大きくなったらきっと分かるさ。将来のために鍛錬《たんれん》もしような」

「うん！」

「強くなったら、いつか守りたいものが出来た時に守ることが出来るからな」

「守りたいもの？」

「ああ。俺にとっては、母さんやガイアス、それに獣人の村の皆のことだ。いつかガイアスにも出来るさ」

父さんはそう言いながら俺に笑いかけてくれた。

俺にとって父さんは、誰よりもかっこよくて、大好きで、尊敬できるかけがえのない存在だったのだ――。

◆

「あ、ガイアス、起きたの？」

寝ぼけた頭で、視界に映ったのはにこにこと笑っているレルンダだった。

懐《なつ》かしい夢を見ていた。父さんが生きていた頃の夢。母さんがいなくて、父さんに甘えてばかりだった。父さんが大好きだった幼い頃の俺。

今だって、父さんのことが俺は大好きだ。もう父さんはいないけれど、父さんが俺を愛してくれて、可愛がってくれていたからこそ、俺は寂しさを感じることなく生きてこられた。

夢の中であろうとも、父さんに会えたことが俺は嬉しくて仕方がない。

「ガイアス、どうしたの？　笑ってる」

レルンダに問いかけられて、父さんと話したことを思い起こす。

どんな大人になりたいか、父さんのようにはもちろんなりたい。けどそれだけではなくて、もっと皆を守れるように強くなりたいとか、この場所を守っていけるようになっていきたいとか、そういう思いが強い。

父さんは何が起こるか分からないから、自分でちゃんと考えるようにと言っていた。

その意味も今なら分かる。何もかも、あの時の状況《じょうきょう》とは違う。

あの時はただ獣人の村で平凡《へいぼん》に大人になっていくと思っていた。でも今は——生まれ育った村から出て、新天地に来ている。あの頃は、人間やエルフたちと共に生きていくなんて考えてもいなかった。

昔とは状況が異なるから、あの頃の父さんの真似《まね》だけをしていてもどうにもならないことがある。だから、周りを見て、自分で考えて行動していかなければならない。

もしかしたら父さんはこのまま平穏《へいおん》に過ごすことがいつか難しくなるかもしれないと予想していたのかもしれない。父さんの教えが今、俺の役に立っている。未来のことまで見通していただなんて、やっぱり父さんは凄い。

「ええっと、父さんの夢を見たんだ」

「アトスさんの？」

「ああ。レルンダに会う前の父さんと過ごした日々を夢で見たんだ」

「そうなんだ。どんな感じだったの？」

レルンダに昔の俺と父さんの話をしたことはなかった。レルンダが期待するように俺を見るので、俺は少し恥ずかしさを感じながらも昔のことを語るのだった。

父さんはもういないけど、父さんとの思い出は俺の心にちゃんと残っている。

# あとがき

こんにちは。池中織奈《いけなかおりな》と申します。この度《たび》は『双子《ふたご》の姉が神子《みこ》として引き取られて、私は捨てられたけど多分私が神子である。3』を手に取っていただきありがとうございます。一巻、二巻を購《こう》入《にゅう》してくださった読者様がいらっしゃったおかげで無事に続刊を出す事が出来ました。

一巻、二巻に引き続き、三巻もＷＥＢで投稿《とうこう》していたものを加筆修正しております。ＷＥＢ版と大筋は同じですが、改稿をしておりますので、ＷＥＢ版をお読みの方も楽しめる内容になっております。

今回は一巻でほのぼのとし、二巻で逃亡《とうぼう》や魔物《まもの》退治をしていたレルンダが新たな村づくりを始め、民族と出会います。同じ人間だけれど、考え方も生き方も何もかも違《ちが》う民族と邂逅《かいこう》を果たし、レルンダはまた成長していくことになります。

レルンダはなんだかんだで上手《うま》くいくことを多く経験している子どもです。そして今まで人間とあまり深く関わらずに生きてきました。生まれ育った村では疎《うと》まれ、ほとんど人と関わらずに何も考えずに生きて、捨てられた後も人間に関わった事があるのはランさんだけという状《じょうきょう》況でした。

そんなレルンダが民族と出会い、困窮《こんきゅう》している彼《かれ》らを助けたいと望みます。しかし、民族とレルンダの間に何も繋《つな》がりはない状況での邂逅になります。

獣人たちとはグリフォンという繋がりが、エルフたちとは精霊と魔物退治という繋がりがありました。でも、民族にとってレルンダは森の中にいる不思議な少女という認識《にんしき》しかありません。そしてレルンダは本当に余裕《よゆう》がない人と接してきたことがありませんでした。だからこそ民族との関わり合いで悲しい出来事も起こりました。民族との関わり合いは、WEB版を書いていた時も難しいなと思っていた場面でした。それでもなんとかレルンダの成長を読者様にきちんと伝えたいと思い、WEB版も書籍《しょせき》版も書いたので、何か感じていただければ嬉《うれ》しいです。

三巻では、フェアリートロフ王国の内乱の様子を幕間《まくあい》で書いたというのもあり、幕間が多くなっております。フェアリートロフ王国の王女、ニーナエフ。ミッガ王国の王子、ヒックド。そしてレルンダの双子の姉であるアリス。その三人の視点で国の様子を書いたのですが、楽しんでいただけたでしょうか。

アリスが神子ではないと本人が知った時にどうするか、神子ではないと知らしめられた時、どんな道をアリスが選ぶのかは難しい問題でした。

ざまぁする展開も考えたのですが、アリスの年齢《ねんれい》やこれまで生きてきた環境《かんきょう》を考えると、神子ではないと断罪されて、そこでようやく特別ではないと気づくのが自然だと思いました。特別な子だともてはやされてきたアリスは、自分が特別なのが当然だと考えていました。周りの環境が子どもの当たり前を作っていくものだと思います。

もちろん、手遅《ておく》れのやらかしもあるとは思うけれど、本人次第《しだい》で人はいくらでも前を向けるし、いくらでもやり直せると思います。レルンダとは別の意味でアリスはきちんと生きていなかったと言えます。特別だともてはやされて、ただ願望だけを叶《かな》えられてきたのがアリスです。これからアリスも考えて悩んで、本当の意味で生きていくのです。レルンダの成長も当然楽しんでいただきたいですが、これからのアリスも楽しんでいただければ嬉しいです。

この本を手に取ってくださった読者様が読んで何かしら心を動かしてくだされば、私は幸せです。

本作はコミカライズも連載《れんさい》中です。書籍版ではイラストにならなかったシーンも、全て雪《ゆき》様の絵で漫画《まんが》になっております。とてもいい出来なので、そちらもよろしくお願いします。

最後に、こうして形になるまで支えてくださった全ての皆様《みなさま》に感謝の言葉を述べたいと思います。WEB版を読んでくださっている読者様方、いつも本当にありがとうございます。本作を形にするにあたりお世話になった担当様、登場人物たちにイラストという形で姿を与《あた》えてくださったカット様、出版に至るまで協力してくださった皆様へ感謝の気持ちしかありません。

この本をご購入くださった皆様にも、感謝の気持ちしかありません。これからも皆様の心に響《ひび》くような物語を綴《つづ》れるように頑張《がんば》りたいと思います。

池中織奈

えーいっ!
ポイッ
タッ
キラ
キラ
キラ
ハッ
ハッ
ハッ
わーいっ♡
モフッ
モフ
モフ
モッ
モフ
モッ
zzZ
ムにゃ…
ワキ
ワキ
・・・・・・・

# 双子《ふたご》の姉《あね》が神子《みこ》として引《ひ》き取《と》られて、私《わたし》は捨《す》てられたけど多分《たぶん》私《わたし》が神子《みこ》である。3

2020年2月22日　初版発行

著者／池《いけ》中《なか》織《おり》奈《な》
イラスト／カット

発 行 者／三坂泰二
発　　行／株式会社KADOKAWA
〒102-8177 東京都千代田区富士見2-13-3
0570-060-555（ナビダイヤル）
デザイン／百足屋ユウコ＋石田 隆（ムシカゴグラフィクス）
印刷・製本／大日本印刷株式会社

●お問い合わせ（エンターブレイン ブランド）
https://www.kadokawa.co.jp/（「お問い合わせ」へお進みください）
※内容によっては、お答えできない場合があります。
※サポートは日本国内のみとさせていただきます。
※Japanese text only



定価はカバーに表示してあります。

ISBN978-4-04-736004-4　C0093

双子の姉が神子《みこ》として
引き取られて、私は捨てられたけど
多分私が神子である。
雪
原作:池中織奈
キャラクター原案:カット
コミックス①巻
大好評発売中!!
Comic Walker&ニコニコ漫画にて好評連載中!!
https://comic-walker.com/